C. N. Cochin fils inv. 1775. N. Le Mire Sculp.

Allez, vous êtes maintenant
Digne de marcher sur ses pas.

LES
AVENTURES
DE
TÉLÉMAQUE,
FILS D'ULYSSE,
Par Mʳ. DE FÉNÉLON,
Archevêque~Duc de Cambrai, &c.

Gravéea par Droües.

TOME PREMIER.

A BRUXELLES.

M. DCC. LXXVI.

LES AVENTURES
DE
TÉLÉMAQUE
FILS D'ULYSSE

LIVRE PREMIER

CALYPSO ne pouvoit se consoler du départ d'Ulysse. Dans sa douleur, elle se trouvoit malheureuse d'être immortelle. Sa grotte ne résonnoit plus de son chant. Les

Nymphes, qui la servoient, n'osoient lui
parler; elle se promenoit souvent seule sur
les gazons fleuris, dont un printems éternel
bordoit son Isle. Mais ces beaux lieux, loin
de modérer sa douleur, ne faisoient que lui
rappeller le triste souvenir d'Ulysse qu'elle
y avoit vû tant de fois auprès d'elle. Souvent,
elle demeuroit immobile sur le rivage de
la mer qu'elle arrosoit de ses larmes; et
elle étoit sans cesse tournée vers le côté
où le vaisseau d'Ulysse, fendant les ondes,
avoit disparu à ses yeux. Tout-à-coup, elle
apperçut les débris d'un navire qui venoit
de faire naufrage, des bancs de rameurs
mis en pièces, des rames écartées çà et là
sur le sable, un gouvernail, un mât, des cor-
dages flottans sur la côte: puis, elle découvre
de loin deux hommes, dont l'un paroissoit
âgé; l'autre, quoique jeune, ressembloit à
Ulysse. Il avoit sa douceur et sa fierté,
avec sa taille et sa démarche majestueuse.

La Déesse comprit que c'étoit Télémaque, fils de ce Héros; mais quoique les Dieux surpassent de loin en connoissance, tous les hommes, elle ne put découvrir qui étoit cet homme vénérable dont Télémaque étoit accompagné. C'est que les Dieux supérieurs cachent aux inférieurs tout ce qu'il leur plaît: et Minerve, qui accompagnoit Télémaque sous la figure de Mentor, ne vouloit pas être connue de Calypso. Cependant, Calypso se réjouissoit d'un naufrage qui mettoit dans son Isle le fils d'Ulysse, si semblable à son père. Elle s'avance vers lui, et sans faire semblant de savoir qui il est: D'où vous vient, lui dit-elle, cette témérité d'aborder en mon Isle? Sachez, jeune Etranger, qu'on ne vient point impunément dans mon Empire. Elle tâchoit de couvrir, sous ces paroles menaçantes, la joie de son cœur qui éclatoit, malgré elle, sur son visage.

Télémaque lui répondit: O vous, qui que vous soyez, mortelle, ou Déesse, (quoiqu'à vous voir on ne puisse vous prendre que pour une Divinité) seriez-vous insensible au malheur d'un fils, qui, cherchant son père à la merci des vents et des flots, a vu briser son navire contre vos rochers? Quel est donc votre père que vous cherchez, reprit la Déesse? Il se nomme Ulysse, dit Télémaque; c'est un des Rois qui ont, après un siége de dix ans, renversé la fameuse Troie. Son nom fut célébre dans toute la Grèce et dans toute l'Asie, par sa valeur dans les combats, et plus encore par sa sagesse dans les conseils. Maintenant errant dans toute l'étendue des mers, il parcourt tous les écueils les plus terribles. Sa patrie semble fuir devant lui. Pénélope, sa femme, et moi qui suis son fils, nous avons perdu l'espérance de le revoir. Je cours, avec les mêmes dangers que lui, pour apprendre où il est: mais

que dis-je! peut-être qu'il est maintenant enseveli dans les profonds abymes de la mer.
Ayez pitié de nos malheurs; et si vous savez,
ô Déesse, ce que les destinées ont fait pour
sauver, ou pour perdre Ulysse, daignez en
instruire son fils Télémaque.

Calypso, étonnée et attendrie de voir dans
une si vive jeunesse tant de sagesse et d'élo-
quence, ne pouvoit rassasier ses yeux en le regardant, et elle demeuroit en silence. Enfin
elle lui dit: Télémaque, nous vous appren-
drons ce qui est arrivé à votre père; mais
l'histoire en est longue. Il est tems de vous
délasser de tous vos travaux; venez dans
ma demeure, où je vous recevrai comme mon
fils: venez, vous serez ma consolation dans
cette solitude, et je ferai votre bonheur,
pourvû que vous sachiez en jouir.

Télémaque suivoit la Déesse, environnée d'une foule de jeunes Nymphes au-
dessus desquelles elle s'élevoit de toute la

tête, comme un grand chêne dans une forêt
élève ses branches épaisses au-dessus de
tous les arbres qui l'environnent. Il admiroit
l'éclat de sa beauté, la riche pourpre de sa
robe longue et flottante, ses cheveux noués
par derrière négligemment, mais avec grâ-
ce; le feu qui sortoit de ses yeux, et la douceur qui tempéroit cette vivacité. Mentor, les
yeux baissés, gardant un silence modeste,
suivoit Télémaque. On arrive à la porte de
la grotte de Calypso, où Télémaque fut
surpris de voir avec une apparence de simplicité rustique, tout ce qui peut charmer les
yeux. Il est vrai qu'on n'y voyoit ni or, ni argent, ni marbre, ni colonnes, ni tableaux, ni statues: mais cette grotte étoit taillée dans le roc
en voûtes pleines de rocailles et de coquilles;
elle étoit tapissée d'une jeune vigne, qui éten-
doit également ses branches souples de tous
côtés. Les doux zéphirs conservoient en
ce lieu, malgré les ardeurs du soleil, une

délicieuse fraîcheur. Des fontaines coulant, avec un doux murmure, sur des prés semés d'amaranthes et de violettes, formoient en divers lieux des bains aussi purs et aussi clairs que le cristal. Mille fleurs naissantes émailloient les tapis verds dont la grotte étoit environnée: là, on trouvoit de ces arbres touffus qui portent des pommes d'or, et dont la fleur, qui se renouvelle dans toutes les saisons, répand le plus doux de tous les parfums. Ce bois sembloit couronner ces belles prairies, et formoit une nuit que les rayons du soleil ne pouvoient percer: là, on n'entendoit jamais que le chant des oiseaux, ou le bruit d'un ruisseau, qui, se précipitant du haut d'un rocher, tomboit à gros bouillons pleins d'écume, et s'enfuyoit au travers de la prairie.

La grotte de la Déesse étoit sur le penchant d'une colline; de là, on découvroit la mer, quelquefois claire et unie comme une glace, quelquefois follement irritée contre

les rochers, où elle se brisoit en gémissant, et
élevant ses vagues comme des montagnes:
d'un autre côté, on voyoit une rivière où se
formoient ces Isles bordées de tilleuls fleuris,
et de hauts peupliers qui portoient leurs têtes superbes jusques dans les nuées. Les
divers canaux, qui formoient ces Isles, sembloient se jouer dans la campagne: les uns
rouloient leurs eaux claires avec rapidité;
d'autres avoient une eau paisible et dormante,
d'autres, par de longs détours, revenoient sur
leurs pas, comme pour remonter vers leur
source, et sembloient ne pouvoir quitter ces
bords enchantés. On apperçevoit, de loin,
des collines et des montagnes qui se per-
doient dans les nuées, et dont la figure bizarre
formoit un horizon à souhait pour le plaisir
des yeux. Les montagnes voisines étoient
couvertes de pampre verd, qui pendoit en
feston: le raisin, plus éclatant que la pourpre,
ne pouvoit se cacher sous les feuilles, et la

vigne étoit accablée sous son fruit. Le fi-
guier, l'olivier, le grenadier, et tous les autres
arbres couvroient la campagne, et en faisoient
un grand jardin.

Calypso, ayant montré à Télémaque toutes ces beautés naturelles, lui dit: Reposez
vous, vos habits sont mouillés, il est tems que
vous en changiez; ensuite nous vous reverrons, et je vous raconterai des histoires dont
votre cœur sera touché. En même-tems elle
le fit entrer, avec Mentor, dans le lieu le
plus secret et le plus reculé d'une grotte voisine de celle où la Déesse demeuroit. Les
Nymphes avoient eu soin d'allumer, en ce
lieu, un grand feu de bois de cédre, dont la
bonne odeur se répandoit de tous côtés; et
elles y avoient laissé des habits pour les
nouveaux hôtes. Télémaque, voyant qu'on
lui avoit destiné une tunique d'une laine
fine, dont la blancheur effaçoit celle de la
neige, et une robe de pourpre avec une

broderie d'or, prit le plaisir qui est naturel à un jeune homme, en considérant cette magnificence.

Mentor lui dit d'un ton grave: Est-ce donc là, ô Télémaque, les pensées qui doivent occuper le cœur du fils d'Ulysse? Songez plutôt à soutenir la réputation de votre père, et à vaincre la fortune qui vous persécute. Un jeune homme qui aime à se parer vainement comme une femme, est indigne de la sagesse et de la gloire. La gloire n'est due qu'à un cœur qui sait souffrir la peine, et fouler aux pieds les plaisirs.

Télémaque répondit en soupirant: Que les Dieux me fassent périr plutôt que de souffrir que la mollesse et la volupté s'emparent de mon cœur. Non, non, le fils d'Ulysse ne sera jamais vaincu par les charmes d'une vie lâche et efféminée: mais quelle faveur du Ciel nous a fait trouver, après notre naufrage, cette Déesse, ou cette mortelle qui nous comble de biens?

Craignez, repartit Mentor, qu'elle ne vous accable de maux; craignez ses trompeuses douceurs plus que les écueils qui ont brisé votre navire. Le naufrage et la mort sont moins funestes que les plaisirs qui attaquent la vertu: gardez-vous bien de croire ce qu'elle vous racontera: la jeunesse est présomptueuse, elle se promet tout d'elle-même; quoique fragile, elle croit pouvoir tout, et n'avoir jamais rien à craindre: elle se confie légérement et sans précaution. Gardez-vous d'écouter les paroles douces et flatteuses de Calypso, qui se glisseront comme un serpent sous les fleurs; craignez ce poison caché; défiez-vous de vous-même, et attendez toujours mes conseils.

Ensuite ils retournèrent auprès de Calypso, qui les attendoit. Les Nymphes, avec leurs cheveux tressés et des habits blancs, servirent d'abord un repas simple, mais exquis

pour le goût et pour la propreté. On n'y
voyoit aucune autre viande que celle des
oiseaux qu'elles avoient pris dans les filets,
ou des bêtes qu'elles avoient percées de
leurs flèches à la chasse; un vin plus doux que
le nectar couloit de grands vases d'argent
dans des tasses d'or couronnées de fleurs.
On apporta, dans des corbeilles, tous les
fruits que le printems promet, et que l'automne
répand sur la terre. En même-tems, quatre
jeunes Nymphes se mirent à chanter. D'a-
bord, elles chantèrent le combat des Dieux
contre les Géants, puis les amours de Jupiter et de Sémélé, la naissance de Bacchus
et son éducation conduite par le vieux Si-
léne, la course d'Athalanthe et d'Hypomè-
ne, qui fut vainqueur par le moyen des pommes d'or cueillies au jardin des Hespérides.
Enfin, la guerre de Troie fut aussi chantée;
les combats d'Ulysse et sa sagesse furent
élevés jusqu'aux Cieux. La première des

Nymphes, qui s'appelloit Leucothoé, joignit les accords de sa lyre aux douces voix de toutes les autres. Quand Télémaque entendit le nom de son père, les larmes, qui coulèrent le long de ses joues, donnèrent un nouveau lustre à sa beauté. Mais comme Calypso apperçut qu'il ne pouvoit manger, et qu'il étoit saisi de douleur, elle fit signe aux Nymphes. A l'instant on chanta le combat des Centaures avec les Lapithes, et la descente d'Orphée aux enfers pour en retirer Euridice.

Quand le repas fut fini, la Déesse prit Télémaque, et lui parla ainsi : Vous voyez, fils du grand Ulysse, avec quelle faveur je vous reçois : je suis immortelle ; nul mortel ne peut entrer dans cette Isle, sans être puni de sa témérité ; et votre naufrage même ne vous garantiroit pas de mon indignation, si d'ailleurs je ne vous aimois. Votre père a eu le même bonheur que vous : mais, hélas ! il

n'a pas su en profiter. Je l'ai gardé long-
tems dans cette Isle; il n'a tenu qu'à lui d'y
vivre avec moi, dans un état immortel: mais
l'aveugle passion de retourner dans sa misérable patrie, lui fit rejetter tous ces avantages. Vous voyez tout ce qu'il a perdu
pour Ithaque qu'il n'a pu revoir. Il voulut
me quitter, il partit, et je fus vengée par la
tempête. Son vaisseau, après avoir été long-
tems le jouet des vents, fut enseveli dans
les ondes. Profitez d'un si triste exemple:
après son naufrage, vous n'avez plus rien
à espérer, ni pour le revoir, ni pour régner
jamais dans l'Isle d'Ithaque après lui: conso-
lez-vous de l'avoir perdu, puisque vous
trouvez une Divinité prête à vous rendre
heureux, et un Royaume qu'elle vous offre. La Déesse ajouta à ces paroles de
longs discours, pour montrer combien Ulysse
avoit été heureux auprès d'elle: elle raconta
ses aventures dans la caverne du Cyclope

Télémaque aborde dans
l'Isle de Calypso. *Liv. I.*

Polyphème, et chez Antiphates, Roi des Lestrigons: elle n'oublia pas ce qui lui étoit arrivé dans l'Isle de Circé, fille du Soleil, et les dangers qu'il avoit courus entre Scylla et Charybde. Elle représenta la dernière tempête que Neptune avoit excitée contre lui, quand il partit d'auprès d'elle. Elle voulut faire entendre qu'il étoit péri dans ce naufrage, et elle supprima son arrivée dans l'Isle des Phéaciens. Télémaque, qui s'étoit d'abord abandonné trop promptement à la joie d'être si bien traité de Calypso, reconnut enfin son artifice et la sagesse des conseils que Mentor venoit de lui donner. Il répondit en peu de mots: O Déesse, pardonnez à ma douleur: maintenant je ne puis que m'affliger; peut-être que dans la suite j'aurai plus de force pour goûter la fortune que vous m'offrez: laissez-moi, en ce moment, pleurer mon père; vous savez mieux que moi combien il mérite d'être pleuré.

Calypso n'osa d'abord le presser davantage; elle feignit même d'entrer dans sa douleur, et de s'attendrir pour Ulysse: mais pour mieux connoître les moyens de toucher le cœur du jeune homme, elle lui demanda comment il avoit fait naufrage, et par quelles aventures il étoit sur ses côtes. Le récit de mes malheurs, dit-il, seroit trop long. Non, non, répondit-elle, il me tarde de les savoir, hâtez-vous de me les raconter; elle le pressa long-tems. Enfin il ne put lui résister, et il parla ainsi:

J'étois parti d'Ithaque pour aller demander aux autres Rois, revenus du siége de Troie, des nouvelles de mon père. Les amans de ma mère Pénélope furent surpris de mon départ; j'avois pris soin de le leur cacher, connoissant leur perfidie. Nestor, que je vis à Pylos, ni Ménélas, qui me reçut avec amitié dans Lacédémone, ne purent m'apprendre si mon père étoit encore en vie.

Las de vivre toujours en suspens, et dans
l'incertitude, je me résolus d'aller dans la
Sicile, où j'avois ouï dire que mon père
avoit été jetté par les vents. Mais le sage
Mentor, que vous voyez ici présent s'oppo-
soit à ce téméraire dessein: il me représentoit
d'un côté les Cyclopes, Géants monstrueux
qui dévorent les hommes: de l'autre la flotte
d'Enée et des Troyens qui étoient sur ces
côtes. Ces Troyens, disoit-il, sont animés
contre tous les Grecs: mais sur-tout ils ré -
pandroient avec plaisir le sang du fils d'U-
lysse. Retournez, continuoit-il, en Ithaque ;
peut-être que votre père, aimé des Dieux,
y sera aussi-tôt que vous: mais si les Dieux
ont résolu sa perte, s'il ne doit jamais revoir
sa patrie, du moins il faut que vous alliez le
venger, délivrer votre mère, montrer votre sagesse à tous les peuples, et faire voir en vous,
à toute la Grèce , un Roi aussi digne de
régner que le fut jamais Ulysse lui-même.

Ces paroles étoient salutaires, mais je n'é-
tois pas assez prudent pour les écouter, je
n'écoutai que ma passion, le sage Mentor
m'aima jusqu'à me suivre dans un voyage téméraire que j'entreprenois contre ses conseils;
et les Dieux permirent que je fisse une
faute, qui devoit servir à me corriger de ma
présomption.

Pendant que Télémaque parloit, Calypso
regardoit Mentor; elle étoit étonnée, elle
croyoit sentir en lui quelque chose de divin;
mais elle ne pouvoit démêler ses pensées con-
fuses: ainsi elle demeuroit pleine de crainte
et de défiance à la vue de cet inconnu; alors
elle appréhenda de laisser voir son trouble.
Continuez, dit-elle à Télémaque, et satis-
faites ma curiosité. Télémaque reprit ainsi:

Nous eumes assez long-tems un vent favorable pour aller en Sicile; mais ensuite une
noire tempête déroba le Ciel à nos yeux, et
nous fumes enveloppés dans une profonde

nuit. A la lueur des éclairs, nous apper -
çumes d'autres vaisseaux exposés au même
péril, et nous reconnumes bientôt que c'é-
toient les vaisseaux d'Enée; ils n'étoient pas
moins à craindre pour nous que les rochers.
Alors je compris, mais trop tard, ce que
l'ardeur d'une jeunesse imprudente m'avoit
empêché de considérer attentivement. Mentor parut dans ce danger, non - seulement
ferme et intrépide, mais plus gai qu'à l'or -
dinaire: c'étoit lui qui m'encourageoit: je
sentois qu'il m'inspiroit une force invincible:
il donnoit tranquillement tous les ordres, pendant que le Pilote étoit troublé. Je lui disois:
Mon cher Mentor, pourquoi ai-je refusé de
suivre vos conseils? ne suis-je pas malheu -
reux d'avoir voulu me croire moi-même
dans un âge où l'on n'a ni prévoyance de
l'avenir; ni expérience du passé, ni mo -
dération pour ménager le présent? O! si jamais nous échappons de cette tempête, je

me défierai de moi-même, comme de mon plus dangereux ennemi; c'est vous, Mentor, que je croirai toujours.

Mentor me répondit, en souriant: Je n'ai garde de vous reprocher la faute que vous avez faite; il suffit que vous la sentiez, et qu'elle vous serve une autre fois, à être plus modéré dans vos desirs. Mais quand le péril sera passé, la présomption reviendra peut-être: maintenant, il faut se soutenir par le courage; avant que de se jetter dans le péril, il faut le prévoir et le craindre: mais quand on y est, il ne reste plus qu'à le mépriser. Soyez donc le digne fils d'Ulysse; montrez un cœur plus grand que tous les maux qui vous menacent.

La douceur et le courage du sage Mentor me charmèrent: mais je fus encore bien plus surpris, quand je vis avec quelle adresse il nous délivra des Troyens. Dans le moment où le Ciel commençoit à s'éclaircir, et

où les Troyens, nous voyant de près, n'auroient pas manqué de nous reconnoître, il remarqua un de leurs vaisseaux qui étoit presque semblable au nôtre, et que la tempête
avoit écarté; la poupe en étoit couronnée
de certaines fleurs. Il se hâta de mettre sur
notre poupe des couronnes de fleurs semblables; il les attacha lui même avec des bandelettes de la même couleur que celles des
Troyens. Il ordonna à tous nos rameurs de
se baisser le plus qu'ils pourroient le long
de leurs bancs, pour n'être point reconnus
des ennemis. En cet état nous passames au
milieu de leur flotte; ils poussèrent des cris
de joie en nous voyant, comme en voyant les
compagnons qu'ils avoient cru perdus: nous
fumes même contraints, par la violence de
la mer, d'aller assez long-tems avec eux.
Enfin nous demeurames un peu derrière,
et pendant que les vents impétueux les
poussoient vers l'Afrique, nous fimes les

derniers efforts pour aborder, à force de
rames, sur la côte voisine de Sicile.

Nous y arrivames en effet; mais ce que
nous cherchions n'étoit gueres moins funeste que la flotte qui nous faisoit fuir. Nous
trouvames sur cette côte de Sicile d'autres
Troyens ennemis des Grecs: c'étoit là que
régnoit le vieux Aceste sorti de Troie. A
peine fumes nous arrivés sur ce rivage, que
les habitans crurent que nous étions, ou
d'autres peuples de l'Isle armés pour les
surprendre, ou des étrangers qui venoient
s'emparer de leurs terres. Ils brûlent notre
vaisseau dans le premier emportement; ils
égorgent tous nos compagnons, ils ne ré-
servent que Mentor et moi pour nous présenter à Aceste, afin qu'il pût savoir, de
nous, quels étoient nos desseins, et d'où
nous venions. Nous entrons dans la Ville,
les mains liées derrière le dos, et notre mort
n'étoit retardée que pour nous faire servir

de spectacle à un peuple cruel, quand on sauroit que nous étions Grecs.

On nous présenta d'abord à Aceste, qui tenant son sceptre d'or en main jugeoit les peuples, et se préparoit à un grand sacrifice. Il nous demanda, d'un ton sévère, quel étoit notre pays, et le sujet de notre voyage. Mentor se hâta de répondre, et lui dit: Nous venons des côtes de la grande Hespérie, et notre patrie n'est pas loin de là; ainsi il évita de dire que nous étions Grecs. Mais Aceste, sans l'écouter davantage, et nous prenant pour des étrangers qui cachoient leur dessein, ordonna qu'on nous envoyât dans une forêt voisine, où nous servirions en esclaves sous ceux qui gouvernoient ses troupeaux. Cette condition me parut plus dure que la mort. Je m'écriai: O Roi! faites-nous mourir plutôt que de nous traiter si indignement; sachez que je suis Télémaque fils du sage Ulysse, Roi des Ithaciens; je cherche

mon père dans toutes les mers: si je ne puis
ni le trouver, ni retourner dans ma patrie, ni
éviter la servitude, ôtez-moi la vie que je ne
saurois supporter. A peine eus-je prononcé
ces mots, que tout le peuple ému s'écria,
qu'il falloit faire périr le fils de ce cruel
Ulysse, dont les artifices avoient renversé
la ville de Troie. O fils d'Ulysse, me dit
Aceste, je ne puis refuser votre sang aux
mânes de tant de Troyens que votre père a
précipités sur les rivages du noir Cocyte;
vous, et celui qui vous mène, vous périrez.
En même-tems un Vieillard de la troupe
proposa au Roi de nous immoler sur le tombeau d'Anchise. Leur sang, disoit-il, sera
agréable à l'ombre de ce Héros; Enée même, quand il saura un tel sacrifice, sera touché de voir combien vous aimez ce qu'il
avoit de plus cher au monde. Tout le peuple applaudit à cette proposition, et on ne
songea plus qu'à nous immoler. Déja on nous

menoit sur le tombeau d'Anchise ; on y avoit dressé deux autels, où le feu sacré étoit allumé ; le glaive qui devoit nous percer étoit devant nos yeux ; on nous avoit couronnés de fleurs, et nulle compassion ne pouvoit garantir notre vie ; c'étoit fait de nous, lorsque Mentor demanda tranquillement à parler au Roi ; il lui dit :

O Aceste, si le malheur du jeune Télémaque, qui n'a jamais porté les armes contre les Troyens, ne peut vous toucher, du moins que votre propre interêt vous touche. La science que j'ai acquise des présages et de la volonté des Dieux, me fait connoître qu'avant que trois jours soient écoulés, vous serez attaqué par des peuples barbares, qui viennent, comme un torrent, du haut des montagnes pour inonder votre Ville, et pour ravager tout votre pays : hâtez-vous de les prévenir ; mettez vos peuples sous les armes, et ne perdez pas un moment pour retirer, au-dedans de vos murailles, les riches troupeaux que vous avez dans la campagne. Si ma prédiction est fausse, vous serez libre de nous immoler dans trois jours: si au contraire elle est véritable, souvenez-vous qu'on ne doit pas ôter la vie à ceux de qui on la tient.

Aceste fut étonné de ces paroles, que Mentor lui disoit avec une assurance qu'il n'avoit jamais trouvée en aucun homme. Je vois bien, répondit-il, ô étranger, que les Dieux qui vous ont si mal partagé pour tous les dons de la fortune, vous ont accordé une sagesse qui est plus estimable que toutes les prospérités. En même-tems il retarda le sacrifice, et donna avec diligence les ordres nécessaires pour prévenir l'attaque dont Mentor l'avoit menacé: on ne voyoit, de tous côtés, que des femmes tremblantes, des vieillards courbés, de petits enfans les larmes aux yeux, qui se retiroient dans la Ville. Les bœufs mugissans, et les brebis bêlantes, ve-

noient en foule, quittant les gras pâturages,
et ne pouvant trouver assez d'étables pour
être mis à couvert. C'étoient, de toutes
parts, des bruits confus de gens qui se poussoient les uns les autres, qui ne pouvoient
s'entendre, qui prenoient, dans ce trouble,
un inconnu pour leur ami, et qui couroient
sans savoir où tendoient leurs pas. Mais les
principaux de la Ville, se croyant plus sages que les autres, s'imaginoient que Mentor étoit un imposteur, qui avoit fait une
fausse prédiction pour sauver sa vie.

Avant la fin du troisième jour, pendant
qu'ils étoient pleins de ces pensées, on vit,
sur le penchant des montagnes voisines, un
tourbillon de poussière, puis on apperçut
une troupe innombrable de barbares armés :
c'étoient les Hymériens, peuples féroces,
avec les Nations qui habitent sur les monts
Nébrodes, et sur le sommet d'Agragas, où
régne un hiver que les zéphirs n'ont jamais

adouci. Ceux qui avoient méprisé la prédiction de Mentor, perdirent leurs esclaves, et leurs troupeaux. Le Roi dit à
Mentor: J'oublie que vous êtes des Grecs:
nos ennemis deviennent nos amis fidéles;
les Dieux vous ont envoyés pour nous sauver: je n'attends pas moins de votre valeur
que de la sagesse de vos conseils; hâtez-
vous de nous secourir.

Mentor montre dans ses yeux une audace qui étonne les plus fiers combattans.
Il prend un bouclier, un casque, une épée,
une lance; il range les soldats d'Aceste; il
marche à leur tête, et s'avance en bon ordre
vers les ennemis. Aceste, quoique plein de
courage, ne peut, dans sa vieillesse, le suivre que de loin: je le suis de plus près; mais
je ne puis égaler sa valeur: sa cuirasse ressembloit, dans le combat, à l'immortelle Égi-
de. La mort couroit de rang en rang par-
tout sous ses coups. Semblable à un lion de

Numidie que la cruelle faim dévore, et qui entre dans un troupeau de brebis, il déchire, il égorge, il nage dans le sang, et les bergers, loin de secourir le troupeau, fuient tremblans pour se dérober à sa fureur.

Ces barbares qui espéroient de surprendre la Ville, furent eux-mêmes surpris et déconcertés. Les sujets d'Aceste, animés par l'exemple et les paroles de Mentor, eurent une vigueur dont ils ne se croyoient point capables : de ma lance, je renversai le fils du Roi de ce peuple ennemi : il étoit de mon âge, mais il étoit plus grand que moi ; car ce peuple venoit d'une race de Géants, qui étoient de la même origine que les Cyclopes. Il méprisoit un ennemi aussi foible que moi ; mais sans m'étonner de sa force prodigieuse, ni de son air sauvage et brutal, je poussai ma lance contre sa poitrine, et je lui fis vomir, en expirant, des torrens d'un sang noir. Il pensa m'écraser dans sa chûte: le bruit de ses armes retentit jusqu'aux montagnes: je pris ses dépouilles, et je revins trouver Aceste. Mentor, avant achevé de mettre les ennemis en désordre, les tailla en piéces, et poussa les fuyards jusques dans les forêts voisines.

Un succès si inespéré fit regarder Mentor comme un homme chéri et inspiré des Dieux. Aceste touché de reconnoissance, nous avertit qu'il craignoit tout pour nous, si les vaisseaux d'Enée revenoient en Sicile: il nous en donna un pour retourner sans retardement en notre pays, nous combla de présens, et nous pressa de partir pour prévenir tous les malheurs qu'il prévoyoit: mais il ne voulut nous donner, ni un Pilote, ni des Rameurs de sa nation, de peur qu'ils ne fussent trop exposés sur les côtes de la Grèce. Il nous donna des Marchands Phéniciens, qui étant en commerce avec tous les peuples du monde, n'avoient rien à

craindre, et qui devoient ramener le vaisseau à Aceste, quand ils nous auroient
laissés à Ithaque. Mais les Dieux qui se
jouent des desseins des hommes, nous re-
servoient à d'autres dangers.

FIN DU PREMIER LIVRE.

LES AVENTURES
DE
TÉLÉMAQUE,
FILS D'ULYSSE.

LIVRE IIᵉ

LES Tyriens, par leur fierté, avoient
irrité, contre eux, le Roi Sésostris qui
régnoit en Egypte, et qui avoit conquis
tant de Royaumes. Les richesses qu'ils ont

acquises par le commerce, et la force de
l'imprenable ville de Tyr, située dans la
mer, avoient enflé le cœur de ces peuples:
ils avoient refusé de payer à Sésostris le
tribut qu'il leur avoit imposé en revenant de
ses conquêtes, et ils avoient fourni des troupes à son frère, qui avoit voulu le massacrer à son retour au milieu des réjouissances
d'un grand festin.

Sésostris avoit résolu, pour abattre leur
orgueil, de troubler leur commerce dans toutes les mers. Ses vaisseaux alloient de tous
côtés cherchant les Phéniciens. Une flotte
Egyptienne nous rencontra, comme nous
commencions à perdre de vue les montagnes
de la Sicile; le port et la terre sembloient
fuir derrière nous et se perdre dans les nues.
En même-tems nous voyons approcher les
navires des Egyptiens, semblables à une
Ville flottante. Les Phéniciens les reconnurent, et voulurent s'en éloigner; mais il

n'étoit plus tems. Leurs voiles étoient meil -
leures que les nôtres; le vent les favorisoit ;
leurs rameurs étoient en plus grand nombre :
ils nous abordent, nous prennent, et nous
emmenent prisonniers en Egypte.

En vain je leur représentai que nous n'é-
tions pas Phéniciens; à peine daignèrent-ils
m'écouter: ils nous regardèrent comme des
esclaves dont les Phéniciens trafiquoient, et
ils ne songèrent qu'au profit d'une telle pri-
se. Déja nous remarquons les eaux de la
mer qui blanchissent par le mêlange de celles du Nil, et nous voyons la côte d'Egypte,
presqu'aussi basse que la mer. Ensuite nous
arrivons à l'Isle de Pharos, voisine de la ville
de No. De-là nous remontons le Nil jusqu'à
Memphis.

Si la douleur de notre captivité ne nous
eut rendus insensibles à tous les plaisirs, nos
yeux auroient été charmés de voir cette fertile terre d'Egypte, semblable à un jardin

délicieux, arrosé d'un nombre infini de canaux. Nous ne pouvions jeter les yeux sur
les deux rivages, sans appercevoir des Villes
opulentes, des Maisons de campagne agré-
ablement situées, des Terres qui se couvroient tous les ans d'une moisson dorée, sans
se reposer jamais, des Prairies pleines de
troupeaux, des Laboureurs qui étoient ac-
cablés sous le poids des fruits que la terre
épanchoit de son sein, des Bergers qui faisoient répéter les doux sons de leurs flûtes et
de leurs chalumeaux à tous les échos d'alentour.

Heureux, disoit Mentor, le peuple qui est
conduit par un sage Roi! Il est dans l'abondance, il vit heureux, et aime celui à qui il
doit tout son bonheur. C'est ainsi, ajoutoit-il,
ô Télémaque, que vous devez régner, et faire la joie de vos peuples, si jamais les Dieux
vous font posséder le Royaume de votre père: aimez vos peuples comme vos enfans, goûtez le plaisir d'être aimé d'eux, et faites qu'ils

ne puissent jamais sentir la paix et la joie, sans
se ressouvenir que c'est un bon Roi qui leur
à fait ces riches présens. Les Rois, qui ne
songent qu'à se faire craindre et qu'à abattre
leurs sujets pour les rendre plus soumis, sont
les fléaux du genre humain: ils sont craints
comme ils le veulent etre; mais ils sont haïs,
détestés, et ils ont encore plus a craindre de
leurs Sujets, que leurs Sujets n'ont à craindre d'eux.

Je répondois à Mentor : Hélas ! il n'est
pas question de songer aux maximes suivant
lesquelles on doit régner. Il n'y a plus d'Ithaque pour nous; nous ne reverrons jamais, ni
notre patrie, ni Pénélope: et quand même Ulysse retourneroit plein de gloire dans son Royaume, il n'aura jamais la joie de m'y voir; jamais je n'aurai celle de lui obéir pour apprendre à commander. Mourons, mon cher Mentor, nulle autre pensée ne nous est plus per-
mise: mourons, puisque les Dieux n'ont

aucune pitié de nous.

En parlant ainsi, de profonds soupirs entrecoupoient toutes mes paroles. Mais Mentor, qui craignoit les maux avant qu'ils arrivassent, ne savoit plus ce que c'étoit que de les craindre dès qu'ils étoient arrivés. Indigne fils du sage Ulysse, s'écrioit-il, quoi donc vous vous laissez vaincre à votre malheur! Sachez que vous reverrez un jour l'Isle d'Ithaque, et Pénélope. Vous verrez même, dans sa première gloire, celui que vous n'avez jamais connu, l'invincible Ulysse, que la fortune ne peut abattre, et qui dans ses malheurs encore plus grands que les vôtres, vous apprend à ne vous jamais décourager. O! s'il pouvoit apprendre, dans les terres éloignées où la tempête l'a jeté, que son fils ne sait imiter ni sa patience, ni son courage, cette nouvelle l'accableroit de honte, et lui seroit plus rude que les maux qu'il souffre depuis si long-tems.

Ensuite Mentor me faisoit remarquer la

joie et l'abondance répandues dans toute la
campagne d'Egypte, où l'on comptoit jusqu'à
vingt deux mille Villes. Il admiroit la bonne
police de ces Villes, la justice exercée en
faveur du pauvre contre le riche, la bonne
éducation des enfans qu'on accoutumoit à l'o-
béissance, au travail, à la sobriété, à l'amour
des arts ou des lettres, l'exactitude pour toutes les cérémonies de la religion, le désinté-
ressement, le desir de l'honneur, la fidélité
pour les hommes, et la crainte pour les Dieux,
que chaque père inspiroit à ses enfans. Il
ne se lassoit point d'admirer ce bel ordre.
Heureux, me disoit-il sans cesse, le peuple qu'un sage Roi conduit ainsi! mais encore plus heureux le Roi qui fait le bonheur
de tant de peuples, et qui trouve le sien dans
sa vertu! Il tient les hommes par un lien
cent fois plus fort que celui de la crainte;
c'est celui de l'amour. Non-seulement on
lui obéit, mais encore on aime à lui obéir.

Il régne dans tous les cœurs; chacun bien-
loin de vouloir s'en défaire, craint de le perdre, et donneroit sa vie pour lui.

Je remarquois ce que disoit Mentor, et
je sentois renaître mon courage au fond de
mon cœur, à mesure que ce sage ami me
parloit. Aussi-tôt que nous fumes arrivés à
Memphis, Ville opulente et magnifique, le
Gouverneur ordonna que nous irions jusqu'à Thèbes, pour être présentés au Roi
Sésostris, qui vouloit examiner les choses
par lui-même, et qui étoit fort animé contre
les Tyriens. Nous remontâmes donc encore
le long du Nil, jusqu'à cette fameuse Thèbes à cent portes, où habitoit ce grand Roi.
Cette Ville nous parut d'une étendue im-
mense, et plus peuplée que les plus floris-
santes Villes de la Grèce. La police y est
parfaite pour la propreté des rues, pour le
cours des eaux, pour la commodité des
bains, pour la culture des arts, et pour la

C.N. Cochin filius del. 1773.   B.L. Prevost Sculp.

Télémaque enseigne aux Bergers
à jouer de la Flûte .   Liv. II .

sureté publique. Les Places sont ornées de fontaines et d'obélisques, les Temples sont de marbre, et d'une architecture simple, mais majestueuse. Le Palais du Prince est lui seul comme une grande Ville; on n'y voit que colonnes de marbre, que pyramides et obélisques, que statues colossales, que meubles d'or et d'argent massifs.

Ceux qui nous avoient pris, dirent au Roi que nous avions été trouvés dans un navire Phénicien. Il écoutoit chaque jour à certaines heures réglées, tous ceux de ses Sujets qui avoient, ou des plaintes à lui faire, ou des avis à lui donner. Il ne méprisoit, ni ne rebutoit personne, et ne croyoit être Roi que pour faire du bien à ses Sujets, qu'il aimoit comme ses enfans. Pour les Etrangers, il les recevoit avec bonté, et vouloit les voir, parce qu'il croyoit qu'on apprenoit toujours quelque chose d'utile, en s'instruisant des mœurs et des manières des

peuples éloignés. Cette curiosité du Roi fit
qu'on nous présenta à lui. Il étoit sur un trône
d'ivoire, tenant en main un sceptre d'or: il
étoit déja vieux, mais agréable, plein de douceur et de majesté; il jugeoit tous les jours
les peuples avec une patience et une sages -
se qu'on admiroit sans flatterie. Après avoir
travaillé toute la journée à régler les affaires,
et à rendre une exacte justice, il se délassoit
le soir à écouter des hommes savans, ou à
converser avec les plus honnêtes gens, qu'il
savoit bien choisir pour les admettre dans sa
familiarité. On ne pouvoit lui reprocher, en
toute sa vie, que d'avoir triomphé avec trop
de faste des Rois qu'il avoit vaincus, et de
s'être confié à un de ses Sujets que je vous
dépeindrai tout à l'heure. Quand il me vit, il
fut touché de ma jeunesse; il me demanda ma
patrie et mon nom: nous fumes étonnés de la
sagesse qui parloit par sa bouche. Je lui ré -
pondis: O grand Roi! vous n'ignorez pas le

siege de Troie qui a duré dix ans, et sa ruine qui a coûté tant de sang à toute la Grèce:
Ulysse mon père a été un des principaux
Rois qui ont ruiné cette Ville. Il erre sur toutes les mers sans pouvoir retrouver l'Isle d'I-
thaque, qui est son Royaume: je le cherche,
et un malheur semblable au sien fait que j'ai
été pris. Rendez-moi à mon père et à ma
patrie. Ainsi puissent les Dieux vous conserver à vos enfans, et leur faire sentir la joie
de vivre sous un bon père!

Sésostris continuoit à me regarder d'un œil
de compassion: mais voulant savoir si ce que
je disois étoit vrai, il nous renvoya à un de ses
Officiers, qui fut chargé de s'informer de ceux
qui avoient pris notre vaisseau, si nous étions
effectivement, ou Grecs, ou Phéniciens. S'ils
sont Phéniciens, dit le Roi, il faut doublement les punir pour être nos ennemis, et plus
encore pour avoir voulu nous tromper par
un lâche mensonge. Si au contraire ils sont

Grecs, je veux qu'on les traite favorablement,
et qu'on les renvoie dans leur pays sur un de
mes vaisseaux; car j'aime la Grèce; plusieurs
Egyptiens y ont donné des loix : je connois
la vertu d'Hercule; la gloire d'Achille est
parvenue jusqu'à nous; et j'admire ce qu'on
m'a raconté de la sagesse du malheureux
Ulysse: mon plaisir est de secourir la vertu
malheureuse.

L' Officier, auquel le Roi renvoya l'e-
xamen de notre affaire, avoit l'âme aussi
corrompue et aussi artificieuse que Sésostris
étoit sincère et généreux. Cet Officier se
nommoit Métophis: il nous interrogea pour
tâcher de nous surprendre; et comme il vit
que Mentor répondoit avec plus de sagesse que moi, il le regarda avec aversion et
avec défiance; car les méchans s'irritent contre
les bons. Il nous sépara; et depuis ce tems-là
je ne sus point ce qu'étoit devenu Mentor.
Cette séparation fut un coup de foudre pour

moi. Métophis espéroit toujours qu'en nous
questionnant séparement, il pourroit nous faire dire des choses contraires : sur-tout il croyoit m'éblouir par ses promesses flatteuses, et
me faire avouer ce que Mentor lui auroit caché.
Enfin, il ne cherchoit pas de bonne foi la vérité ; mais il vouloit trouver quelque prétexte
de dire au Roi que nous étions Phéniciens,
pour nous faire ses esclaves. En effet, malgré notre innocence, et malgré la sagesse
du Roi, il trouva le moyen de le tromper.
Hélas ! à quoi les Rois sont-ils exposés ? Les
plus sages même sont souvent surpris. Des
hommes artificieux et intéressés les environnent ; les bons se retirent, parce qu'ils ne
sont ni empressés, ni flatteurs ; les bons
attendent qu'on les cherche, et les Princes
ne savent guères les aller chercher. Au
contraire, les méchans sont hardis, trompeurs, empressés à s'insinuer et à plaire, adroits à dissimuler, prêts à tout faire

contre l'honneur et la conscience, pour contenter les passions de celui qui règne. O
qu'un Roi est malheureux d'être exposé aux
artifices des méchans! Il est perdu, s'il ne
repousse la flatterie, et s'il n'aime ceux qui
disent hardiment la vérité. Voilà les réflexi-
ons que je faisois dans mon malheur, et je
rappelois tout ce que j'avois ouï dire à Mentor.

Cependant Métophis m'envoya vers les
montagnes du désert d'Oasis avec ses esclaves, afin que je servisse avec eux à conduire ses grands troupeaux. En cet endroit
Calypso interrompit Télémaque, en disant:
Eh bien! que fîtes-vous alors, vous qui aviez
préféré en Sicile la mort à la servitude? Télémaque répondit: Mon malheur croissoit
toujours; je n'avois plus la misérable consolation de choisir entre la servitude et la mort: il
fallut être esclave, et épuiser, pour ainsi
dire, toutes les rigueurs de la fortune; il ne
me restoit plus aucune espérance, et je ne

pouvois pas même dire un mot pour travailler à me délivrer. Mentor m'a dit depuis qu'on l'avoit vendu à des Ethiopiens, et qu'il les avoit suivis en Ethiopie.

Pour moi j'arrivai dans des déserts af_ freux. On y voit des sables brûlans au mi_ lieu des plaines, des neiges qui ne fondent jamais, et qui font un hiver perpétuel sur le sommet des montagnes; et l'on trouve seule_ ment, pour nourrir les troupeaux, des pâtura_ ges parmi des rochers. Vers le milieu du pen_ chant de ces montagnes escarpées, les val_ lées y sont si profondes, qu'à peine le soleil y peut faire luire ses rayons.

Je ne trouvai d'autres hommes, dans ce pays, que des Bergers aussi sauvages que le pays même. Là, je passois les nuits à déplorer mon malheur, et les jours à suivre un troupeau, pour éviter la fureur brutale d'un premier Esclave, qui espérant d'obte_ nir sa liberté, accusoit sans cesse les autres,

pour faire valoir à son Maître son zèle et
son attachement à ses intérêts. Cet esclave
se nommoit Butis: je devois succomber dans
cette occasion; la douleur me pressant, j'ou-
bliai un jour mon troupeau, et je m'étendis
sur l'herbe auprès d'une caverne où j'atten-
dois la mort, ne pouvant plus supporter mes
peines. En ce moment, je remarquai que
toute la montagne trembloit; les chênes et
les pins sembloient descendre du sommet
de la montagne, les vents retenoient leurs
haleines: une voix mugissante sortit de la
caverne, et me fit entendre ces paroles: Fils
du sage Ulysse, il faut que tu deviennes comme lui, grand par la patience. Les Princes qui
ont toujours été heureux, ne sont guères dignes de l'être; la molesse les corrompt, l'orgueil les enivre. Que tu seras heureux, si tu
surmontes tes malheurs, et si tu ne les ou-
blies jamais! Tu reverras Ithaque, et ta gloire
montera jusqu'aux astres. Quand tu seras le

maître des autres hommes, souviens-toi que tu
as été foible, pauvre et souffrant comme eux:
prends plaisir à les soulager, aime ton peuple,
déteste la flatterie; et sache que tu ne seras
grand, qu'autant que tu seras modéré et courageux pour vaincre tes passions.

Ces paroles divines entrèrent jusqu'au fond
de mon cœur; elles y firent renaître la joie et
le courage: je ne sentis point cette horreur
qui fait dresser les cheveux sur la tête, et qui
glace le sang dans les veines, quand les Dieux
se communiquent aux mortels. Je me levai
tranquille; j'adorai à genoux, les mains levées
vers le Ciel, Minerve à qui je crus devoir cet
oracle. En même tems je me trouvai un nou-
vel homme; la sagesse éclairoit mon esprit; je
sentois une douce force pour modérer toutes
mes passions, et pour arrêter l'impétuosité de
ma jeunesse. Je me fis aimer de tous les Bergers du désert; ma douceur, ma patience, mon
éxactitude appaisèrent enfin le cruel Butis, qui

étoit en autorité sur les autres esclaves, et qui
avoit voulu d'abord me tourmenter.

Pour mieux supporter l'ennui de la captivité
et de la solitude, je cherchai des livres, car
j'étois accablé de tristesse, faute de quelque
instruction qui pût nourrir mon esprit, et le
soutenir. Heureux, disois-je, ceux qui se dégoûtent des plaisirs violens, et qui savent se
contenter des douceurs d'une vie innocente!
Heureux ceux qui se divertissent en s'instruisant, et qui se plaisent à cultiver leur esprit par
les sciences! En quelque endroit que la fortune ennemie les jette, ils portent toujours
avec eux de quoi s'entretenir; et l'ennui,
qui dévore les autres hommes au milieu même des délices, est inconnu à ceux qui savent
s'occuper par quelque lecture. Heureux ceux
qui aiment à lire, et qui ne sont point comme moi privés de la lecture! Pendant que ces
pensées rouloient dans mon esprit, je m'en-
fonçai dans une sombre forêt, où j'apperçus

tout-à-coup un vieillard qui tenoit un livre à la
main. Ce vieillard avoit un grand front chau-
ve et un peu ridé, une barbe blanche pendoit jusqu'à sa ceinture, sa taille étoit haute
et majestueuse, son teint étoit frais et vermeil,
les yeux vifs et perçans, sa voix douce, ses
paroles simples et aimables. Jamais je n'ai vu
un si vénérable vieillard: il s'appeloit Termosiris; il étoit Prêtre d'Apollon, qu'il servoit
dans un Temple de marbre que les Rois
d'Egypte avoient consacré au Dieu dans cette forêt. Le livre qu'il tenoit étoit un recueil
d'Hymnes en l'honneur des Dieux. Il m'a-
borde avec amitié, nous nous entretenons:
il racontoit si bien les choses passées, qu'on
croyoit les voir; mais il les racontoit courte-
ment, et jamais ses histoires ne m'ont lassé :
il prévoyoit l'avenir par la profonde sagesse
qui lui faisoit connoître les hommes, et les
desseins dont ils sont capables. Avec tant
de prudence, il étoit gai, complaisant, et la

jeunesse la plus enjouée n'a point autant de
grace qu'en avoit cet homme dans une vieillesse si avancée : aussi aimoit-il les jeunes
gens, lorsqu'ils étoient dociles, et qu'ils avoient
le goût de la vertu.

Bientôt il m'aima tendrement, et me donna des livres pour me consoler : il m'appeloit
son fils. Je lui disois souvent, Mon père, les
Dieux, qui m'ont ôté Mentor, ont eu pitié
de moi ; ils m'ont donné en vous un autre
soutien. Cet homme, semblable à Orphée,
ou à Linus, étoit sans doute inspiré des
Dieux. Il me récitoit les vers qu'il avoit faits,
et me donnoit ceux de plusieurs excellens Po-
ëtes favorisés des Muses. Lorsqu'il étoit revêtu de sa longue robe d'une éclatante blancheur, et qu'il prenoit en main sa lyre d'ivoire, les tigres, les ours, les lions venoient le
flatter, et lécher ses pieds ; les Satyres sortoient des forêts pour danser autour de lui ;
les arbres mêmes paroissoient émus ; et vous

auriez cru que les rochers attendris alloient
descendre du haut des montagnes aux charmes de ses doux accens : il ne chantoit que
la grandeur des Dieux, la vertu des Héros,
et la sagesse des hommes qui préfèrent la
gloire aux plaisirs.

Il me disoit souvent que je devois prendre
courage, et que les Dieux n'abandonneroient
ni Ulysse, ni son fils. Enfin il m'assura que je
devois, à l'exemple d'Apollon, enseigner aux
Bergers à cultiver les Muses. Apollon, disoit-il, indigné de ce que Jupiter par ses foudres, troubloit le Ciel dans les plus beaux
jours, voulut s'en venger sur les Cyclopes qui
forgeoient les foudres, et les perça de ses fléches. Aussi-tôt le Mont Etna cessa de vomir
des tourbillons de flammes; on n'entendit plus
les coups des terribles marteaux qui, frappant
l'enclume, faisoient gémir les cavernes de la
terre et les abymes de la mer. Le fer et
l'airain n'étant plus polis par les Cyclopes,

commençoient à se rouiller. Vulcain furieux sort de sa fournaise; quoique boiteux, il monte en diligence vers l'Olympe; il arrive suant et couvert de poussière dans l'assemblée des Dieux; il fait des plaintes amères. Jupiter s'irrite contre Apollon, le chasse du Ciel et le précipite sur la terre. Son char vuide faisoit de lui-même son cours ordinaire, pour donner aux hommes les jours et les nuits avec le changement régulier des saisons. Apollon, dépouillé de tous ses rayons, fut contraint de se faire Berger, et de garder les troupeaux du Roi Admete. Il jouoit de la flûte, et tous les autres Bergers venoient à l'ombre des ormeaux, sur le bord d'une claire fontaine, écouter ses chansons. Jusque-là ils avoient mené une vie sauvage et brutale; ils ne savoient que conduire leurs brebis, les tondre, traire leur lait, et faire des fromages: toute la campagne étoit comme un désert affreux.

Bientôt Apollon montra à tous les Bergers

les arts qui peuvent rendre leur vie agréable.
Il chantoit les fleurs dont le printems se cou-
ronne, les parfums qu'il répand, et la verdure qui naît sous ses pas. Puis il célébroit les
délicieuses nuits de l'été, où les zéphirs
rafraîchissent les hommes, et où la rosée
désaltère la terre. Il mêloit aussi dans ses
chansons les fruits dorés dont l'automne récompense les travaux des Laboureurs, et le
repos de l'hiver pendant lequel la jeunesse
folâtre danse auprès du feu. Enfin il représentoit les forêts sombres qui couvrent les
montagnes, et les creux vallons, où les riviè-
res par mille détours semblent se jouer au milieu des riantes prairies. Il apprit ainsi aux
Bergers quels sont les charmes de la vie cham-
pêtre, quand on sait goûter ce que la simple
nature a de gracieux. Bientôt les Bergers,
avec leurs flûtes, se virent plus heureux que
les Rois, et leurs cabanes attiroient en foule
les plaisirs purs qui fuient les Palais dorés.

Les jeux, les ris, les grâces suivoient par-
tout les innocentes Bergères. Tous les jours
étoient des fêtes: on n'entendoit plus que le
gazouillement des oiseaux, ou la douce haleine des zéphirs qui se jouoient dans les
rameaux des arbres, ou le murmure d'une
onde claire qui tomboit de quelque rocher,
ou les chansons que les Muses inspiroient
aux Bergers qui suivoient Apollon. Ce Dieu
leur enseignoit à remporter le prix de la course, et à percer de fléches les daims et les
cerfs: les Dieux mêmes devinrent jaloux des
Bergers; cette vie leur parut plus douce que
toute leur gloire, et il rappelèrent Apollon
dans l'Olympe.

Mon fils, cette histoire doit vous instruire,
puisque vous êtes dans l'état où fut Apollon:
défrichez cette terre sauvage; faites fleurir
comme lui le désert; apprenez à tous ces Bergers quels sont les charmes de l'harmonie,
adoucissez leurs cœurs farouches, montrez-

leur l'aimable vertu, faites-leur sentir combien
il est doux de jouir dans la solitude, des plaisirs innocens que rien ne peut ôter aux Bergers. Un jour, mon fils, un jour, les peines et
les soucis cruels, qui environnent les Rois ,
vous feront regretter sur le trône la vie pastorale.

Ayant ainsi parlé, Termosiris me donna
une flûte si douce, que les échos de ces
montagnes, qui la firent entendre de tous
côtés, attirèrent bientôt autour de moi tous
les Bergers voisins. Ma voix avoit une harmonie divine : je me sentois ému, et comme
hors de moi-même pour chanter les graces
dont la nature a orné la campagne. Nous
passions les jours entiers et une partie des
nuits à chanter ensemble. Tous les Bergers,
oubliant leurs cabanes et leurs troupeaux ,
étoient suspendus et immobiles autour de moi,
pendant que je leur donnois des leçons; il
sembloit que ces déserts n'eussent plus rien
de sauvage, tout y étoit doux et riant: la

politesse des habitans sembloit adoucir la terre.

Nous nous assemblions souvent pour offrir
des sacrifices dans ce temple d'Apollon, où
Termosiris étoit Prêtre: les Bergers y alloient
couronnés de lauriers en l'honneur du Dieu.
Les Bergères y alloient aussi en dansant avec
des couronnes de fleurs, et portant sur leurs
têtes, dans des corbeilles, les dons sacrés.
Après le sacrifice, nous faisions un festin cham-
pêtre; nos plus doux mêts étoient le lait de nos
chèvres et de nos brebis, que nous avions soin
de traire nous-mêmes, avec les fruits fraîche-
ment cueillis de nos propres mains, tels que
les dattes, les figues et les raisins: nos sieges
étoient les gazons; nos arbres touffus nous
donnoient une ombre plus agréable que les
lambris dorés des Palais des Rois.

Mais ce qui acheva de me rendre fameux
parmi nos Bergers, c'est qu'un jour un lion
affamé vint se jetter sur mon troupeau: déja
il commençoit un carnage affreux; je n'avois

en main que ma houlette: je m'avance hardiment: le lion hérisse sa crinière, me montre
ses dents et ses griffes, ouvre une gueule
sèche et enflammée, ses yeux paroissoient pleins
de sang et de feu, il bat ses flancs avec sa
longue queue, je le terrasse: la petite cotte
de mailles, dont j'étois revêtu selon la coutume des Bergers d'Egypte, l'empêcha de
me déchirer; trois fois je l'abattis, trois fois
il se releva: il poussoit des rugissemens qui
faisoient retentir toutes les forêts. Enfin je l'é-
touffai entre mes bras; et les Bergers, témoins
de ma victoire, voulurent que je me revêtisse
de la peau de ce terrible animal.

Le bruit de cette action, et celui du beau
changement de tous nos Bergers, se répan-
dit dans toute l'Egypte; il parvint même jusqu'aux oreilles de Sésostris. Il sut qu'un de
ces deux captifs, qu'on avoit pris pour des
Phéniciens, avoit ramené l'âge d'or dans ces
déserts presque inhabitables. Il voulut me

voir, car il aimoit les Muses; et tout ce qui
peut instruire les hommes, touchoit son grand
cœur. Il me vit; il m'écouta avec plaisir, et
découvrit que Métophis l'avoit trompé par
avarice: il le condamna à une prison perpé-
tuelle, et lui ôta toutes les richesses qu'il pos-
sédoit injustement. O! qu'on est malheureux,
disoit-il, quand on est au dessus du reste des
hommes: souvent on ne peut voir la vérité par
ses propres yeux; on est environné de gens
qui l'empêchent d'arriver jusqu'à celui qui
commande; chacun est intéressé à le tromper;
chacun, sous une apparence de zèle, cache
son ambition. On fait semblant d'aimer le
Roi, et on n'aime que les richesses qu'il donne: on l'aime si peu, que pour obtenir ses
faveurs, on le flatte et on le trahit.

Ensuite Sésostris me traita avec une tendre amitié, et résolut de me renvoyer en
Ithaque avec des vaisseaux et des troupes
pour délivrer Pénélope de tous ses amans.

La flotte étoit déja prête. nous ne songions
qu'à nous embarquer. J'admirois les coups
de la fortune, qui releve tout-à-coup ceux
qu'elle a le plus abaissés. Cette expérience me faisoit espérer qu'Ulysse pourroit bien
revenir enfin dans son Royaume après quelque longue souffrance. Je pensois aussi en
moi-même que je pourrois encore revoir Mentor, quoiqu'il eut été emmené dans les pays
les plus inconnus de l'Ethiopie. Pendant que
je retardois un peu mon départ, pour tâcher
d'en savoir des nouvelles, Sésostris, qui étoit
fort âgé, mourut subitement, et sa mort me
replongea dans de nouveaux malheurs.

Toute l'Egypte parut inconsolable de cette
perte; chaque famille croyoit avoir perdu son
meilleur ami, son protecteur, son père. Les
vieillards levant les mains au Ciel, s'écrioient:
Jamais l'Egypte n'eut un si bon Roi; jamais
elle n'en aura de semblable. O Dieux! il
falloit, ou ne pas le montrer aux hommes, ou

ne le leur ôter jamais: pourquoi faut-il que
nous survivions au grand Sésostris? Les jeunes gens disoient: L'espérance de l'Egypte
est détruite; nos pères ont été heureux de passer leur vie sous un si bon Roi: pour nous,
nous ne l'avons vu que pour sentir sa perte.
Ses domestiques pleuroient nuit et jour. Quand
on fit les funérailles du Roi, pendant quaran-
te jours, les peuples les plus reculés y accou-
rurent en foule. Chacun vouloit voir encore
une fois le corps de Sésostris, chacun vouloit en conserver l'image; plusieurs vouloient
être mis avec lui dans le tombeau.

Ce qui augmenta encore la douleur de sa
perte, c'est que son fils Bocchoris n'avoit ni
humanité pour les étrangers, ni curiosité pour
les sciences, ni estime pour les hommes vertueux, ni amour pour la gloire. La grandeur
de son père avoit contribué à le rendre si indigne de régner: il avoit été nourri dans la
mollesse et dans une fierté brutale; il comptoit

pour rien les hommes, croyant qu'ils n'étoient
faits que pour lui, et qu'il étoit d'une autre
nature qu'eux; il ne songeoit qu'à contenter
ses passions, qu'à dissiper les trésors immenses que son père avoit ménagés avec tant de
soin, qu'à tourmenter les peuples, et qu'à su-
cer le sang des malheureux; enfin, qu'à suivre
le conseil flatteur des jeunes insensés qui l'environnoient, pendant qu'il écartoit avec mépris tous les sages vieillards qui avoient eu la
confiance de son père. C'étoit un monstre, et
non pas un Roi; toute l'Egypte gémissoit:
et quoique le nom de Sésostris, si cher aux
Egyptiens, leur fit supporter la conduite lâche
et cruelle de son fils, le fils couroit à sa perte, et un Prince si indigne du trône ne pouvoit
long-tems régner.

Il ne me fut plus permis d'espérer mon retour en Ithaque; je demeurai dans une tour
sur le bord de la mer auprès de Péluse, où
notre embarquement devoit se faire, si Sésostris

ne fut pas mort. Métophis avoit eu l'adresse
de sortir de prison, et de se rétablir auprès du
nouveau Roi; il m'avoit fait renfermer dans cette tour pour se venger de la disgrace que je
lui avois causée. Je passois les jours et les
nuits dans une profonde tristesse; tout ce que
Termosiris m'avoit prédit, et tout ce que j'a-
vois entendu dans la caverne, ne me paroissoit plus qu'un songe. J'étois abymé dans la
plus amère douleur. Je voyois les vagues qui
venoient battre le pied de la tour où j'étois pri-
sonnier. Souvent je m'occupois à considérer
des vaisseaux agités par la tempête, qui étoient
en danger d'être brisés contre les rochers sur
lesquels la tour étoit bâtie. Loin de plaindre
ces hommes menacés du naufrage, j'enviois
leur sort. Bientôt, disois-je à moi-même, ils
finiront les malheurs de leur vie, ou ils arrive-
ront en leur pays. Hélas! je ne puis espérer
ni l'un ni l'autre.

Pendant que je me consumois ainsi en

regrets inutiles, j'aperçus comme une forêt de mâts de vaisseaux. La mer étoit couverte de voiles que les vents enfloient, l'onde étoit écumante sous les rames innombrables. J'entendois de toutes parts des cris confus : j'apercevois sur le rivage une partie des Egyptiens effrayés qui couroient aux armes, et d'autres qui sembloient aller au devant de cette flotte qu'on voyoit arriver. Bientôt je reconnus que ces vaisseaux étrangers étoient les uns de Phénicie, et les autres de l'Isle de Cypre : car mes malheurs commençoient à me rendre expérimenté sur ce qui regarde la navigation. Les Egyptiens me parurent divisés entre eux. Je n'eus aucune peine à croire que l'insensé Bocchoris avoit, par ses violences, causé une révolte de ses sujets, et allumé la guerre civile : je fus, du haut de cette tour, spectateur d'un sanglant combat.

Les Egyptiens, qui avoient appelé à leur secours les étrangers, après avoir favorisé leur

descente, attaquèrent les autres Egyptiens qui
avoient le Roi à leur tête. Je voyois ce Roi
qui animoit les siens par son exemple; il paroissoit comme le Dieu Mars; des ruisseaux
de sang couloient autour de lui; les roues de
son char étoient teintes d'un sang noir, épais et
écumant; à peine pouvoient-elles passer sur des
tas de corps morts écrasés. Ce jeune Roi, bien
fait, vigoureux, d'une mine haute et fière, avoit
dans ses yeux la fureur et le désespoir; il étoit
comme un beau cheval qui n'a point de bouche: son courage le poussoit au hasard, et la
sagesse ne modéroit pas sa valeur. Il ne savoit, ni modérer ses fautes, ni donner des ordres précis, ni prévoir les maux qui le mena-
çoient ni ménager ceux dont il avoit le plus
grand besoin. Ce n'étoit pas qu'il manquât
de génie, ses lumières égaloient son courage;
mais il n'avoit jamais été instruit par la mauvaise fortune. Ses Maîtres avoient empoisonné,
par la flatterie, son beau naturel. Il étoit enivré

de sa puissance et de son bonheur; il croyoit
que tout devoit céder à ses desirs fougueux.
La moindre résistance enflammoit sa colère :
alors il ne raisonnoit plus; il étoit comme hors
de lui même : son orgueil furieux en faisoit une
bête farouche : sa bonté naturelle et sa droite
raison l'abandonnoient en un instant, ses plus
fidéles serviteurs étoient réduits à s'enfuir : il
n'aimoit plus que ceux qui flattoient ses passions. Ainsi il prenoit toujours des partis ex-
trêmes contre ses véritables intérêts, et il for-
çoit tous les gens de bien à détester sa folle
conduite. Long-tems sa valeur le soutint contre
la multitude de ses ennemis; mais enfin il fut
accablé : je le vis périr; le dard d'un Phénicien
perça sa poitrine, les rênes lui échappèrent des
mains, il tomba de son char sous les pieds des
chevaux. Un soldat de l'Isle de Cypre lui
coupa la tête, et la prenant par les cheveux, il
la montra comme en triomphe à toute l'armée
victorieuse. Je me souviendrai, toute ma vie,

d'avoir vu cette tête qui nageoit dans le sang,
ces yeux fermés et éteints, ce visage pâle
et défiguré, cette bouche entr'ouverte, qui
sembloit vouloir encore achever des paroles
commencées, cet air superbe et menaçant,
que la mort même n'avoit pu effacer. Toute
ma vie, il sera peint devant mes yeux : et si
jamais les Dieux me faisoient régner, je n'ou-
blierois point, après un si funeste exemple,
qu'un Roi n'est digne de commander. et n'est
heureux dans sa puissance, qu'autant qu'il la
soumet à la raison. Eh! quel malheur pour un
homme destiné à faire le bonheur public, de
n'être le maître de tant d'hommes que pour
les rendre malheureux !

FIN DU II.ᵉ LIVRE .

Dessiné par J. M. Moreau le jeune 1775.   Gravé par C. C. Guicher de l'Ac. des Arts d'Angl.

LES AVENTURES
DE
TÉLÉMAQUE,
FILS D'ULYSSE.

LIVRE III.

CALYPSO écoutoit, avec étonnement, des paroles si sages. Ce qui la charmoit le plus, étoit de voir que Télémaque racontoit ingénument les fautes qu'il avoit faites par

précipitation, et en manquant de docilité pour
le sage Mentor: elle trouvoit une noblesse et
une grandeur étonnante dans ce jeune homme,
qui s'accusoit lui-même, et qui paroissoit avoir
si bien profité de ses imprudences, pour se
rendre sage, prévoyant et modéré. Continuez,
dit-elle, mon cher Télémaque; il me tarde de
savoir comment vous sortîtes de l'Egypte, et
où vous avez retrouvé le sage Mentor, dont
vous avez senti la perte avec tant de raison.

Télémaque reprit ainsi son discours: Les
Egyptiens les plus vertueux et les plus fidèles
au Roi, étant les plus foibles, et voyant le Roi
mort, furent contraints de céder aux autres:
on établit un autre Roi, nommé Termutis. Les
Phéniciens, avec les troupes de l'Isle de Cypre, se retirèrent après avoir fait alliance avec
le nouveau Roi. Celui-ci rendit tous les prisonniers Phéniciens; je fus compté comme étant
de ce nombre. On me fit sortir de la tour, je
m'embarquai avec les autres, et l'espérance

commença à reluire au fond de mon cœur.
Un vent favorable remplissoit déja nos voiles,
les rameurs fendoient les ondes écumantes, la
vaste mer étoit couverte de navires, les Ma-
riniers poussoient des cris de joie, les rivages
d'Egypte s'enfuyoient loin de nous, les collines et les montagnes s'applanissoient peu à peu.
Nous commencions à ne voir plus que le Ciel
et l'eau, pendant que le Soleil, qui se levoit,
sembloit faire sortir de la mer ses feux étince-
lans; ses rayons doroient le sommet des montagnes que nous découvrions encore un peu
sur l'horizon, et tout le ciel, peint d'un sombre
azur, nous promettoit une heureuse navigation.

Quoiqu'on m'eut renvoyé, comme étant Phénicien, aucun des Phéniciens avec qui j'étois,
ne me connoissoit. Narbal, qui commandoit
dans le vaisseau où l'on me mit, me demanda
mon nom et ma patrie. De quelle Ville de
Phénicie êtes-vous, me dit-il? Je ne suis point
de Phénicie, lui dis-je, mais les Egyptiens

m'avoient pris sur la mer dans un vaisseau de
Phénicie; j'ai demeuré captif en Egypte comme un Phénicien, c'est sous ce nom que j'ai
long-tems souffert; c'est sous ce nom que l'on
m'a délivré. De quel pays êtes vous donc,
reprit alors Narbal? Je lui parlai ainsi: Je
suis Télémaque, fils d'Ulysse, Roi d'Ithaque
en Grèce; mon père s'est rendu fameux entre
tous les Rois qui ont assiégé la ville de Troie:
mais les Dieux ne lui ont pas accordé de revoir sa patrie. Je l'ai cherché en plusieurs pays,
la fortune me persécute comme lui; vous voyez
un malheureux qui ne soupire qu'après le bonheur de retourner parmi les siens, et de retrouver son père.

Narbal me regardoit avec étonnement, et il
crut apercevoir en moi je ne sais quoi d'heureux qui vient des dons du Ciel, et qui n'est
point dans le commun des hommes. Il étoit
naturellement sincère et généreux; il fut touché de mon malheur, et me parla avec une

Les adieux de Télémaque
et de Narbal.   *Liv. III.*

confiance que les Dieux lui inspirèrent pour me
sauver d'un grand péril.

Télémaque, je ne doute point, me dit-il,
de ce que vous me dites, et je ne saurois en
douter; la douceur et la vertu, peintes sur votre visage, ne me permettent pas de me défier de vous. Je sens même que les Dieux que
j'ai toujours servis, vous aiment, et qu'ils veulent que je vous aime aussi comme si vous étiez
mon fils; je vous donnerai un conseil salutaire,
et pour récompense je ne vous demande que
le secret. Ne craignez point, lui dis-je, que
j'aie aucune peine à me taire sur les choses
que vous voudrez me confier. Quoique je sois
si jeune, j'ai déja vieilli dans l'habitude de ne
dire jamais mon secret, et encore plus, de ne
trahir jamais, sous aucun prétexte, le secret
d'autrui. Comment avez vous pu, me dit-il,
vous accoutumer au secret dans une si grande jeunesse? Je serai ravi d'apprendre par quel
moyen vous avez acquis cette qualité, qui est

le fondement de la plus sage conduite, et sans
laquelle tous les talens sont inutiles.

Quand Ulysse, lui dis-je, parût pour aller au siège de Troie, il me prit sur ses genoux et entre ses bras, (c'est ainsi qu'on me
l'a raconté) après m'avoir baisé tendrement,
il me dit ces paroles, quoique je ne pusse
les entendre. O mon fils! que les Dieux me
préservent de te revoir jamais; que plutôt le ciseau de la Parque tranche le fil de
tes jours lorsqu'il est à peine formé, de même que le Moissonneur tranche de sa faulx
une tendre fleur qui commence à éclore;
que mes ennemis puissent t'écraser aux yeux
de ta mère et aux miens, si tu dois un jour
te corrompre et abandonner la vertu. O mes
amis, continua-t'il, je vous laisse ce fils qui
m'est si cher, ayez soin de son enfance; si
vous m'aimez, éloignez de lui la pernici-
euse flatterie, enseignez-lui à se vaincre;
qu'il soit comme un jeune arbrisseau encore

tendre, qu'on plie pour le redresser. Sur-tout
n'oubliez rien pour le rendre juste, bienfaisant,
sincère et fidèle à garder le secret. Quiconque
est capable de mentir, est indigne d'être
compté au nombre des hommes; et quiconque
ne sait pas se taire, est indigne de gouverner.

Je vous rapporte ces paroles, parcequ'on
a eu soin de me les répéter souvent, et qu'elles
ont pénétré jusqu'au fond de mon cœur. Je
me les redis souvent à moi même. Les amis
de mon père eurent soin de m'exercer de bonne heure au secret. J'étois encore dans la plus
tendre enfance, et ils me confioient déja toutes les peines qu'ils ressentoient, voyant ma
mère exposée à un grand nombre de téméraires qui vouloient l'épouser. Ainsi on me trai-
toit dès lors comme un homme raisonnable et
sûr. On m'entretenoit souvent des plus grandes affaires; on m'instruisoit de ce qu'on avoit
résolu pour écarter les Prétendans. J'étois ravi qu'on eut pour moi cette confiance, par-là

je me croyois déja un homme fait. Jamais je
n'en ai abusé, jamais il ne m'est échappé une
seule parole qui pût découvrir le moindre secret; souvent les Prétendans tâchoient de me
faire parler, espérant qu'un enfant, qui auroit
vu, ou entendu quelque chose d'important, ne
sauroit pas se retenir. Mais je savois bien leur
répondre sans mentir, et sans leur apprendre
ce que je ne devois point dire.

Alors Narbal me dit, Vous voyez, Télémaque, la puissance des Phéniciens; ils sont
redoutables à toutes les Nations voisines par
leurs innombrables vaisseaux. Le commerce
qu'ils font jusqu'aux colonnes d'Hercule, leur
donne des richesses qui surpassent celles des
peuples les plus florissans. Le grand Roi Sésostris, qui n'auroit jamais pu les vaincre par
mer, eut bien de la peine à les vaincre par terre avec ses armées qui avoient conquis tout
l'Orient; il nous imposa un tribut que nous
n'avons pas long-tems payé. Les Phéniciens

se trouvoient trop riches et trop puissans pour
porter patiemment le joug de la servitude. Nous
reprîmes notre liberté: la mort ne laissa pas à
Sésostris le tems de finir la guerre contre nous.
Il est vrai que nous avions tout à craindre de
sa sagesse, encore plus que de sa puissance :
mais cette puissance passant entre les mains
de son fils, dépourvu de toute sagesse, nous
conclûmes que nous n'avions plus rien à craindre. En effet, les Egyptiens, bien loin de ren-
trer les armes à la main dans notre pays pour
nous subjuguer encore une fois, ont été contraints de nous appeler à leur secours pour
les délivrer de ce Roi impie et furieux. Nous
avons été leurs libérateurs. Quelle gloire ajou-
tée à la liberté et à l'opulence des Phéniciens!

Mais pendant que nous délivrons les autres, nous sommes esclaves nous-mêmes. O
Télémaque! craignez de tomber dans les mains
de Pygmalion notre Roi: il les a trempées, ces
mains cruelles, dans le sang de Sichée, mari

de Didon, sa sœur. Didon, pleine de desirs
de la vengeance, s'est sauvée de Tyr avec
plusieurs vaisseaux. La plupart de ceux qui
aiment la vertu et la liberté l'ont suivie : elle a
fondé, sur la côte d'Afrique, une superbe
Ville qu'on nomme Carthage. Pygmalion tour-
menté par une soif insatiable des richesses, se
rend de plus en plus méprisable et odieux à ses
Sujets. C'est un crime à Tyr que d'avoir de
grands biens : l'avarice le rend défiant, soup-
çonneux, cruel ; il persécute les riches, et il
craint les pauvres.

C'est un crime encore plus grand à Tyr
d'avoir de la vertu : car Pygmalion suppose
que les bons ne peuvent souffrir ses injusti-
ces et ses infamies ; la vertu le condamne, il
s'aigrit et s'irrite contre elle. Tout l'agite,
l'inquiète, le ronge ; il a peur de son ombre,
il ne dort ni nuit, ni jour ; les Dieux, pour le
confondre, l'accablent de trésors dont il n'o-
se jouir. Ce qu'il cherche pour être heureux

est précisément ce qui l'empêche de l'être.
Il regrette tout ce qu'il donne, et craint toujours de perdre; il se tourmente pour gagner.
On ne le voit presque jamais, il est seul, triste, abattu au fond de son Palais : ses amis
mêmes n'osent l'aborder, de peur de lui de -
venir suspects. Une garde terrible tient toujours des épées nues et des piques levées
autour de sa maison. Trente chambres qui se
communiquent les unes aux autres, et dont
chacune a une porte de fer avec six gros ver -
roux, sont le lieu où il se renferme; on ne sait
jamais dans laquelle de ces chambres il couche, et on assure qu'il ne couche jamais
deux nuits de suite dans la même, de peur
d'y être égorgé. Il ne connoît, ni les doux
plaisirs, ni l'amitié encore plus douce; si on
lui parle de chercher la joie, il sent qu'elle
fuit loin de lui, et qu'elle refuse d'entrer dans
son cœur. Ses yeux creux sont pleins d'un
feu âpre et farouche : ils sont sans cesse errans

de tous côtés; il prête l'oreille au moindre
bruit, et se sent tout ému; il est pâle et dé-
fait, et les noirs soucis sont peints sur son
visage toujours ridé. Il se tait, il soupire, il
tire de son cœur de profonds gémissemens,
il ne peut cacher les remords qui déchirent
ses entrailles. Les mêts les plus exquis le dégoûtent: ses enfans, loin d'être son espérance, sont le sujet de sa terreur; il en a fait ses
plus dangereux ennemis; il n'a eu toute sa vie
aucun moment d'assuré; il ne se conserve
qu'à force de répandre le sang de tous ceux
qu'il craint. Insensé, qui ne voit pas que la
cruauté à laquelle il se confie, le fera périr!
Quelqu'un de ses domestiques aussi défiant
que lui, se hâtera de délivrer le monde de
ce monstre.

Pour moi, je crains les Dieux; quoiqu'il
m'en coûte, je serai fidéle au Roi qu'ils m'ont
donné. J'aimerois mieux qu'il me fît mourir, que de lui ôter la vie, et même que de

manquer à le défendre. Pour vous, ô Télémaque, gardez-vous bien de lui dire que vous
êtes le fils d'Ulysse : il espéreroit qu'Ulysse,
retournant à Ithaque, lui paieroit quelque
grande somme pour vous racheter, et il vous
tiendroit en prison.

Quand nous arrivâmes à Tyr, je suivis le
conseil de Narbal, et je reconnus la vérité
de tout ce qu'il m'avoit raconté. Je ne pouvois comprendre qu'un homme pût se rendre aussi misérable que Pygmalion me le
paroissoit.

Surpris d'un spectacle si affreux et si nouveau pour moi, je disois en moi-même : Voilà
un homme qui n'a cherché qu'à se rendre
heureux ; il a cru y parvenir par les richesses et par une autorité absolue ; il possède
tout ce qu'il peut desirer, et cependant il
est misérable par ses richesses et par son
autorité même. S'il étoit Berger, comme je
l'étois naguères, il seroit aussi heureux que

je l'ai été; il jouiroit des plaisirs innocens de
la campagne, et en jouiroit sans remords: il
ne craindroit ni le fer, ni le poison; il aimeroit les hommes, il en seroit aimé, il n'auroit point ces grandes richesses qui lui sont
aussi inutiles que du sable, puisqu'il n'ose
y toucher: mais il jouiroit librement des fruits
de la terre, et ne souffriroit aucun véritable
besoin. Cet homme paroît faire tout ce qu'il
veut; mais il s'en faut bien qu'il le fasse. Il
fait tout ce que veulent ses passions féroces;
il est toujours entraîné par son avarice, par
sa crainte et par ses soupçons: il paroît maître de tous les autres hommes; mais il n'est
pas maître de lui-même, car il a autant de maîtres et de bourreaux qu'il a de desirs violens.

Je raisonnois ainsi de Pygmalion sans le
voir; car on ne le voyoit point, et on regardoit
seulement avec crainte ces hautes tours, qui
étoient nuit et jour entourées de Gardes, où
il s'étoit mis lui-même comme en prison, s'y

renfermant avec ses trésors. Je comparois ce
Roi invisible avec Sésostris, si doux, si ac-
cessible, si affable, si curieux de voir les étrangers, si attentif à écouter tout le monde, et à
tirer, du cœur des hommes, la vérité que l'on
cache aux Rois. Sésostris, disois-je, ne craignoit rien, et n'avoit rien à craindre, il se montroit à tous ses sujets comme à ses propres enfans. Celui-ci craint tout, et a tout à craindre.
Ce méchant Roi est toujours exposé à une
mort funeste, même dans son Palais inacces-
sible, au milieu de ses Gardes : au contraire,
le bon Roi Sésostris étoit en sureté au milieu
de la foule des peuples, comme un bon père
dans sa maison, environné de sa famille.

Pygmalion donna ordre de renvoyer les
troupes de l'Isle de Cypre, qui étoient ve-
nues secourir les siennes, à cause de l'alliance qui étoit entre les deux peuples. Narbal
prit cette occasion de me mettre en liberté :
il me fit passer en revue parmi les soldats

Cypriens, car le Roi étoit ombrageux jusque dans les moindres choses. Le défaut
des Princes, trop faciles et inappliqués, est
de se livrer avec une confiance aveugle à des
favoris artificieux et corrompus. Lé défaut de
celui-ci étoit, au contraire, de se défier des
plus honnêtes gens. Il ne savoit point discerner les hommes droits et simples, qui agis-
sent sans déguisement: aussi n'avoit-il jamais
vu de gens de bien; car de telles gens ne vont
point chercher un Roi si corrompu. D'ailleurs, il avoit vu depuis qu'il étoit sur le trône, dans les hommes dont il s'étoit servi, tant
de dissimulation, de perfidie et de vices affreux, déguisés sous les apparences de la
vertu, qu'il regardoit tous les hommes, sans
exception, comme s'ils eussent été mas -
qués. Il supposoit qu'il n'y avoit aucune vertu sincère sur la terre: ainsi il regardoit tous
les hommes comme étant à peu près égaux.
Quand il trouvoit un homme faux et corrompu,

il ne se donnoit point la peine d'en chercher
un autre, comptant qu'un autre ne seroit pas
meilleur. Les bons lui paroissoient pires que
les méchans les plus déclarés, parce qu'il
les croyoit aussi méchans et plus trompeurs.

Pour revenir à moi, je fus confondu avec
les Cypriens, et j'échappai à la défiance pé -
nétrante du Roi. Narbal trembloit de crainte
que je ne fusse découvert; il lui en eût couté
la vie et à moi aussi. Son impatience de nous
voir partir étoit incroyable; mais les vents contraires nous retinrent assez long-tems à Tyr.

Je profitai de ce séjour pour connoître les
mœurs des Phéniciens si célébres chez toutes
les Nations connues. J'admirois l'heureuse situation de cette grande Ville, qui est au milieu
de la mer dans une Isle. La côte voisine est
délicieuse par sa fertilité, par les fruits exquis
qu'elle porte, par le nombre de Villes et de
Villages qui se touchent presque; enfin par
la douceur de son climat: car les montagnes

mettent cette côte à l'abri des vents brûlans
du Midi, et elle est rafraîchie par le vent du
Nord qui souffle du côté de la mer. Ce pays
est au pied du Liban, dont le sommet fend
les nues, et va toucher les astres; une glace
éternelle couvre son front; des fleuves pleins
de neige tombent comme des torrens, des
pointes des rochers qui environnent sa tête.
Au-dessous on voit une vaste forêt de cèdres
antiques, qui paroissent aussi vieux que la
terre où ils sont plantés, et qui portent leurs
branches épaisses jusque vers les nues: cette forêt a sous ses pieds de gras pâturages
dans la pente de la montagne. C'est-là qu'on
voit errer les taureaux qui mugissent; les brebis qui bêlent avec leurs tendres agneaux,
bondissent sur l'herbe. Là coulent mille ruis-
seaux d'une eau claire. Enfin, on voit au-
dessous de ces pâturages le pied de la montagne qui est comme un jardin: le printems et
l'automne y règnent ensemble pour y joindre

les fleurs et les fruits. Jamais, ni le souffle
empesté du Midi, qui sèche et qui brûle
tout, ni le rigoureux Aquilon, n'ont osé effacer les vives couleurs qui ornent ce jardin.

C'est auprès de cette belle côte que s'é-
lève dans la mer l'Isle où est bâtie la ville de
Tyr. Cette grande Ville semble nager au-
dessus des eaux, et être la reine de toutes
les mers. Les Marchands y abordent de toutes les parties du monde, et ses habitans sont
eux-mêmes les plus fameux Marchands qu'il
y ait dans l'Univers. Quand on entre dans
cette Ville, on croit d'abord que ce n'est point
une Ville qui appartienne à un peuple parti-
culier; mais qu'elle est la Ville commune de
tous les peuples et le centre de leur commerce. Elle a deux grands môles, semblables à
deux bras qui s'avancent dans la mer, et qui
embrassent un vaste port où les vents ne peuvent entrer. Dans ce port on voit comme une
forêt de mâts de navires; et ces navires sont si

nombreux, qu'à peine peut-on découvrir la
mer qui les porte. Tous les Citoyens s'appli-
quent au commerce, et leurs grandes richesses ne les dégoûtent jamais du travail nécessaire pour les augmenter. On y voit de tous
côtés le fin lin d'Egypte, et la pourpre Ty-
rienne, deux fois teinte, d'un éclat merveilleux : cette double teinture est si vive, que
le tems ne peut l'effacer : on s'en sert pour
des laines fines qu'on rehausse d'une broderie d'or et d'argent. Les Phéniciens ont
le commerce de tous les peuples jusqu'au dé-
troit de Gades, et ils ont même pénétré dans
le vaste Océan qui environne toute la terre .
Ils ont fait aussi de longues navigations sur la
mer rouge, et c'est par ce chemin qu'ils vont
chercher dans les Isles inconnues de l'or, des
parfums, divers animaux qu'on ne voit pas
ailleurs .

Je ne pouvois rassasier mes yeux du spectacle magnifique de cette grande Ville , où

tout étoit en mouvement. Je n'y voyois point,
comme dans les Villes de la Grèce, des hommes oisifs et curieux, qui vont chercher des
nouvelles dans la place publique, ou regarder
les étrangers qui arrivent sur le port. Les hommes sont occupés à décharger leurs vaisseaux,
à transporter leurs marchandises, ou à les ven-
dre, à ranger leurs magasins, et à tenir un
compte exact de ce qui leur est dû par les
Négocians étrangers. Les femmes ne cessent
jamais, ou de filer des laines, ou de faire
des dessins de broderie, ou de ployer les riches étoffes.

D'où vient, disois-je à Narbal, que les
Phéniciens se sont rendus les maîtres du commerce de toute la terre, et qu'ils s'enri-
chissent ainsi aux dépens de tous les autres
peuples? Vous le voyez, me répondit-il: la
situation de Tyr est heureuse pour le commerce; c'est notre patrie qui a la gloire d'avoir
inventé la navigation. Les Tyriens furent les

premiers, (s'il en faut croire ce qu'on racon-
te de la plus obscure antiquité) qui domp-
tèrent les flots long-tems avant l'âge de Typhis
et des Argonautes tant vantés dans la Grèce.
Ils furent, dis-je, les premiers qui osèrent se
mettre dans un frêle vaisseau à la merci des
vagues et des tempêtes, qui sondèrent les
abymes de la mer, qui observèrent les astres
loin de la terre, suivant la science des Egyptiens et des Babyloniens; enfin, qui réunirent
tant de peuples que la mer avoit séparés. Les
Tyriens sont industrieux, patiens, laborieux,
propres, sobres et ménagers : ils ont une exacte police ; ils sont parfaitement d'accord entre eux ; jamais peuple n'a été plus constant,
plus sincère, plus fidèle, plus sûr, plus commode à tous les étrangers.

Voilà, sans aller chercher d'autre cause,
ce qui leur donne l'empire de la mer, et qui
fait fleurir dans leur port un si utile commerce.
Si la division et la jalousie se mettoient entre

eux; s'ils commençoient à s'amollir dans les
délices et dans l'oisiveté; si les premiers de
la Nation méprisoient le travail et l'économie;
si les arts cessoient d'être en honneur dans
leur ville; s'ils manquoient de bonne foi en-
vers les étrangers; s'ils altéroient tant soit
peu les règles d'un commerce libre, s'ils né-
gligeoient leurs manufactures, et s'ils cessoient de faire les grandes avances, qui sont
nécessaires pour rendre leurs marchandises
parfaites chacune dans son genre, vous ver-
riez bientôt tomber cette puissance que vous
admirez.

Mais expliquez-moi, lui disois-je, les
vrais moyens d'établir un jour à Ithaque un
pareil commerce. Faites, me répondit-il, comme on fait ici; recevez bien et facilement tous
les étrangers; faites-leur trouver dans vos
ports, la sureté, la commodité, la liberté entière; ne vous laissez jamais entraîner ni par
l'avarice, ni par l'orgueil. Le vrai moyen de

gagner beaucoup, est de ne vouloir jamais
trop gagner, et de savoir perdre à propos.
Faites-vous aimer par tous les étrangers; souffrez même quelque chose d'eux ; craignez
d'exciter la jalousie par votre hauteur; soyez
constant dans les regles du commerce; qu'elles soient simples et faciles; accoutumez vos
peuples à les suivre inviolablement; punis-
sez sévèrement la fraude, et même la négli-
gence ou le faste des Marchands, qui ruinent
le commerce en ruinant les hommes qui le
font. Sur-tout n'entreprenez jamais de gêner
le commerce pour le tourner selon vos vues.
Il est plus convenable que le Prince ne s'en
mêle point, et qu'il en laisse tout le profit à
ses Sujets qui en ont la peine; autrement il
les découragera: il en tirera assez d'avantages par les grandes richesses qui entreront
dans ses Etats. Le commerce est comme
certaines sources; si vous voulez détourner
leur cours, vous les faites tarir. Il n'y a que

le profit et la commodité qui attirent les étrangers chez vous. Si vous leur rendez le commerce moins commode et moins utile, ils se retirent insensiblement, et ne reviennent plus; parce que d'autres, profitant de votre imprudence, les attirent chez eux, et les accoutument à se passer de vous. Il faut même vous avouer que depuis quelque tems la gloire de Tyr est bien obscurcie. O! si vous l'aviez vue, mon cher Télémaque, avant le règne de Pygmalion, vous auriez été bien plus étonné. Vous ne trouvez plus ici maintenant que les tristes restes d'une grandeur qui menace ruine. O malheureuse Tyr! en quelles mains es-tu tombée. autrefois la mer t'apportoit le tribut de tous les peuples de la terre.

Pygmalion craint tout et des étrangers, et de ses Sujets. Au lieu d'ouvrir, suivant notre ancienne coutume, ses ports à toutes les Nations les plus éloignées dans une entière liberté, il veut savoir le nombre de vaisseaux

qui arrivent, leur pays, le nom des hommes
qui y sont, leur genre de commerce, la nature et le prix de leurs marchandises , et le
tems qu'ils doivent demeurer ici. Il fait encore pis ; car il use de supercherie pour surprendre les Marchands, et pour confisquer
leurs marchandises. Il inquiète les Marchands
qu'il croit les plus opulens ; il établit, sous divers prétextes, de nouveaux impôts ; il veut
entrer lui-même dans le commerce, et tout le
monde craint d'avoir affaire avec lui. Ainsi le
commerce languit. Les étrangers oublient peu
à peu le chemin de Tyr, qui leur étoit autrefois si connu ; et si Pygmalion ne change de
conduite, notre gloire et notre puissance seront bientôt transportées à quelqu'autre peuple mieux gouverné que nous.

Je demandai ensuite à Narbal comment les
Tyriens s'étoient rendus si puissans sur la mer,
car je voulois n'ignorer rien de tout ce qui sert
au gouvernement d'un Royaume. Nous avons,

me répondit il, les forêts du Liban qui nous
fournissent les bois des vaisseaux, et nous les
réservons avec soin pour cet usage; on n'en
coupe jamais que pour les besoins publics .
Pour la construction des vaisseaux, nous avons
l'avantage d'avoir des ouvriers habiles. Comment, lui disois-je, avez-vous pu trouver ces
ouvriers ? Il me répondit: Ils se sont formés
peu à peu dans le pays. Quand on récompense bien ceux qui excellent dans les arts, on est
sûr d'avoir bientôt des hommes qui les mè-
nent à leur dernière perfection: car les hommes qui ont le plus de sagesse et de talent,
ne manquent point de s'adonner aux arts aux-
quels les grandes récompenses sont attachées.
Ici on traite avec honneur tous ceux qui réus-
sissent dans les arts et les sciences utiles à la
navigation. On considère un bon Géomètre ;
on estime fort un habile Astronome; on comble de biens un Pilote qui surpasse les autres
dans sa fonction ; on ne méprise point un bon

Charpentier; au contraire, il est bien payé et
bien traité: les Rameurs même ont des récompenses sûres et proportionnées à leurs
services; on les nourrit bien; on a soin d'eux
quand ils sont malades; en leur absence on
a soin de leurs femmes et de leurs enfans.
S'ils périssent dans un naufrage, on dédom-
mage leur famille; on renvoie chez eux ceux
qui ont servi un certain tems. Ainsi on en a
autant qu'on en veut. Le père est ravi d'é-
lever son fils dans un si bon méüer; et dès
sa plus tendre jeunesse, il se hâte de lui enseigner à manier la rame, à tendre les cor-
dages, et à mépriser les tempêtes. C'est ainsi
qu'on mène les hommes, sans contrainte,
par la récompense et par le bon ordre. L'autorité seule ne fait jamais bien: la soumission
des inférieurs ne suffit pas: il faut gagner les
cœurs, et faire trouver aux hommes leur avantage dans les choses où l'on veut se servir
de leur industrie.

Après ce discours, Narbal me mèna visiter tous les magasins, les arsenaux et tous les métiers qui servent à la construction des navires. Je demandois le détail des moindres choses, et j'écrivois tout ce que j'avois appris, de peur d'oublier quelque circonstance utile.

Cependant Narbal, qui connoissoit Pygmalion, et qui m'aimoit, attendoit avec impatience mon départ, craignant que je ne fusse découvert par les espions du Roi, qui alloient nuit et jour par toute la ville : mais les vents ne nous permettoient pas encore de nous embarquer. Pendant que nous étions occupés à visiter curieusement le port, et à interroger divers Marchands, nous vîmes venir à nous un Officier de Pygmalion, qui dit à Narbal : Le Roi vient d'apprendre d'un Capitaine des vaisseaux, qui sont revenus d'Egypte avec vous, que vous avez amené un étranger qui passe pour Cyprien : le Roi veut qu'on l'arrête, et qu'on sache certainement de quel

pays il est ; vous en répondrez sur votre tête .
Dans ce moment je m'étois un peu éloigné
pour regarder de plus près les proportions que
les Tyriens avoient gardées dans la construction d'un vaisseau presque neuf, qui étoit, di-
soit-on, par cette proportion exacte de toutes
ses parties, le meilleur voilier qu'on eût jamais vu dans le port, et j'interrogeois l'ou-
vrier qui avoit réglé cette proportion .

Narbal surpris et effrayé, répondit : Je
vais chercher cet étranger, qui est de l'Isle de
Cypre. Mais quand il eut perdu cet Officier
de vue, il courut vers moi pour m'avertir du
danger où j'étois. Je ne l'avois que trop pré-
vu, me dit-il, mon cher Télémaque ; nous
sommes perdus. Le Roi, que sa défiance
tourmente jour et nuit, soupçonne que vous
n'êtes pas de l'Isle de Cypre ; il ordonne
qu'on vous arrête : il veut me faire périr si je
ne vous mets entre ses mains. Que ferons-
nous ? O Dieux ! donnez - nous la sagesse

pour nous tirer de ce péril. Il faudra, Télémaque, que je vous mène au Palais du Roi. Vous soutiendrez que vous êtes Cyprien, de la ville d'Amathonte, fils d'un Statuaire de Vénus. Je déclarerai que j'ai connu autrefois votre père; et peut-être que le Roi, sans approfondir davantage, vous laissera partir. Je ne vois point d'autres moyens de sauver votre vie et la mienne.

Je répondis à Narbal : Laissez périr un malheureux que le destin veut perdre, je sais mourir, Narbal, et je vous dois trop pour vous entraîner dans mon malheur. Je ne puis me résoudre à mentir. Je ne suis point Cyprien, et je ne saurois dire que je le suis. Les Dieux voient ma sincérité, c'est à eux à conserver ma vie par leur puissance, s'ils le veulent; mais je ne veux point la sauver par un mensonge.

Narbal me répondit : Ce mensonge, Télémaque, n'a rien qui ne soit innocent; les

Dieux mêmes ne peuvent le condamner; il ne fait aucun mal à personne; il sauve la vie à deux innocens, il ne trompe le Roi que pour l'empêcher de faire un grand crime . Vous poussez trop loin l'amour de la vertu, et la crainte de blesser la Religion .

Il suffit lui disois-je, que le mensonge soit mensonge, pour ne pas être digne d'un homme qui parle en présence des Dieux, et qui doit tout à la vérité . Celui qui blesse la vérité, offense les Dieux, et se blesse soi-même; car il parle contre sa conscience . Cessez , Narbal, de me proposer ce qui est indigne de vous et de moi. Si les Dieux ont pitié de nous, ils sauront bien nous délivrer. S'ils veulent nous laisser périr, nous serons, en mourant, les victimes de la vérité, et nous laisserons aux hommes l'exemple de préférer la vertu sans tache à une longue vie: la mienne n'est déja que trop longue, étant si malheureuse . C'est vous seul, ô mon cher Narbal,

pour qui mon cœur s'attendrit. Falloit-il
que votre amitié,pour un malheureux etranger vous fût si funeste ?

Nous demeurâmes long-tems dans cette
espéce de combat. Mais enfin nous vîmes
arriver un homme qui couroit hors d'haleine :
c'étoit un autre Officier du Roi qui venoit de
la part d'Astarbé. Cette femme étoit belle
comme une Déesse; elle joignoit aux charmes du corps tous ceux de l'esprit; elle étoit
enjouée, flatteuse, insinuante. Avec tant de
charmes trompeurs, elle avoit comme les
Syrènes, un cœur cruel et plein de malignité:
mais elle savoit cacher ses sentimens corrompus par un profond artifice. Elle avoit su
gâgner le cœur de Pygmalion, par sa beauté,
par son esprit, par sa douce voix, et par l'harmonie de sa lyre. Pygmalion, aveuglé par
un violent amour pour elle, avoit abandonné
la Reine Topha, son épouse. Il ne songeoit
qu'à contenter les passions de l'ambitieuse

Astarbé. L'amour de cette femme ne lui étoit guère moins funeste que son infame avarice : mais quoiqu'il eut tant de passion pour elle, elle n'avoit pour lui que du mépris et du dégoût. Elle cachoit ses vrais sentimens, et elle faisoit semblant de ne vouloir vivre que pour lui, dans le tems même qu'elle ne pouvoit le souffrir.

Il y avoit à Tyr un jeune Lydien, nommé Malachon, d'une merveilleuse beauté; mais mou, efféminé, noyé dans les plaisirs. Il ne songeoit qu'à conserver la délicatesse de son teint, qu'à peigner ses cheveux blonds flottans sur ses épaules, qu'à se parfumer, qu'à donner un tour gracieux aux plis de sa robe ; enfin, qu'à chanter ses amours sur sa lyre. Astarbé le vit, elle l'aima, et en devint furieuse. Il la méprisa, parce qu'il étoit passionné pour une autre femme. D'ailleurs il craignit de s'exposer à la cruelle jalousie du Roi. Astarbé, se sentant méprisée, s'abandonna à son ressentiment. Dans son désespoir, elle s'imagina qu'elle pouvoit faire passer Malachon pour l'étranger que le Roi faisoit chercher, et qu'on disoit qui étoit venu avec Narbal. En effet, elle le persuada à Pygmalion, et corrompit tous ceux qui auroient pu le détromper. Comme il n'aimoit point les hommes vertueux, et qu'il ne savoit point les discerner, il n'étoit environné que de gens intéressés, artificieux, prêts à exécuter ses ordres injustes et sanguinaires. De telles gens craignoient l'autorité d'Astarbé, et ils lui aidoient à tromper le Roi, de peur de déplaire à cette femme hautaine qui avoit toute sa confiance. Ainsi Malachon, quoique connu pour Crétois dans toute la ville, passa pour le jeune étranger que Narbal avoit emmené d'Egypte; il fut mis en prison.

Astarbé, qui craignoit que Narbal n'allat parler au Roi, et ne découvrit son imposture, envoya en diligence à Narbal cet Officier,

qui lui dit ces paroles: Astarbé vous défend
de découvrir au Roi quel est votre étranger ;
elle ne vous demande que le silence, et elle
saura bien faire en sorte que le Roi soit content de vous: cependant hâtez-vous de faire
embarquer, avec les Cypriens, le jeune étranger que vous avez amené d'Egypte, afin
qu'on ne le voie plus dans la Ville. Narbal,
ravi de pouvoir ainsi sauver sa vie et la mienne,
promit de se taire ; et l'Officier, satisfait d'a-
voir obtenu ce qu'il demandoit, s'en retourna
rendre compte à Astarbé de sa commission.

Narbal et moi nous admirâmes la bonté
des Dieux, qui récompensoient notre sincérité, et qui ont un soin si touchant de ceux
qui hasardoient tout pour la vertu.

Nous regardions avec horreur un Roi livré
à l'avarice et à la volupté. Celui qui craint
avec tant d'excès d'être trompé, disions-
nous, mérite de l'être, et l'est presque toujours
grossiérement. Il se défie des gens de bien, et

s'abandonne à des scélérats: il est le seul qui
ignore ce qui se passe. Voyez Pygmalion; il
est le jouet d'une femme sans pudeur. Cependant les Dieux se servent du mensonge
des méchans pour sauver les bons qui aiment
mieux perdre la vie, que de mentir.

En même tems nous apperçumes que les
vents changeoient, et qu'ils devenoient favo-
rables aux vaisseaux de Cypre. Les Dieux
se déclarent, s'écria Narbal; ils veulent, mon
cher Télémaque, vous mettre en sûreté: fuyez
cette terre cruelle et maudite. Heureux qui
pouroit vous suivre jusque dans les rivages
les plus inconnus! Heureux qui pouroit vivre
et mourir avec vous! Mais un destin sévère
m'attache à cette malheureuse patrie; il faut
souffrir avec elle: peut-être faudra-t-il être
enseveli dans ses ruines: n'importe, pourvu
que je dise toujours la vérité, et que mon
cœur n'aime que la justice. Pour vous, ô
mon cher Télémaque, je prie les Dieux qui

vous conduisent comme par la main, de vous accorder le plus précieux de tous les dons, qui est la vertu pure et sans tache, jusqu'à la mort. Vivez, retournez en Ithaque, consolez Pénélope, délivrez-la de ses téméraires Amans; que vos yeux puissent voir, que vos mains puissent embrasser le sage Ulysse, et qu'il trouve en vous un fils égal à sa sagesse. Mais dans votre bonheur, souvenez-vous du malheureux Narbal, et ne cessez jamais de m'aimer.

Quand il eut achevé ces paroles, je l'arrosai de mes larmes sans lui répondre: de profonds soupirs m'empêchoient de parler: nous nous embrassions en silence. Il me mena jusqu'au vaisseau; il demeura sur le rivage: et quand le vaisseau fut parti, nous ne cessions de nous regarder tant que nous pûmes nous voir.

FIN DU III. LIVRE.

LES AVENTURES
DE
TÉLÉMAQUE,
FILS D'ULYSSE.

LIVRE IVᴱ.

CALYPSO, qui avoit été jusqu'à ce
moment immobile et transportée de plaisir
en écoutant les aventures de Télémaque,
l'interrompit pour lui faire prendre quelque

repos. Il est tems, lui dit-elle, que vous alliez goûter la douceur du sommeil après tant de travaux. Vous n'avez rien à craindre ici; tout vous est favorable. Abandonnez-vous donc à la joie, goûtez la paix, et tous les autres dons des Dieux dont vous allez être comblé. Demain, quand l'Aurore avec ses doigts de roses entr'ouvrira les portes dorées de l'Orient, et que les chevaux du Soleil, sortant de l'onde amère, répandront les flammes du jour, pour chasser devant eux toutes les étoiles du ciel, nous reprendrons, mon cher Télémaque, l'histoire de vos malheurs. Jamais votre père n'a égalé votre sagesse et votre courage. Ni Achille, vainqueur d'Hector, ni Thésée, revenu des enfers, ni même le grand Alcide, qui a purgé la terre de tant de monstres, n'ont fait voir autant de force et de vertu que vous. Je souhaite qu'un profond sommeil vous rende cette nuit courte. Mais hélas!

qu'elle sera longue pour moi! Qu'il me tar-
dera de vous revoir, de vous entendre, de
vous faire redire ce que je sais déja, et de
vous demander ce que je ne sais pas encore !
Allez, mon cher Télémaque, avec le sage
Mentor que les Dieux vous ont rendu; allez dans cette grotte écartée, où tout est
préparé pour votre repos. Je prie Morphée
de répandre ses plus doux charmes sur vos
paupières appesanties, de faire couler une
vapeur divine dans tous vos membres fati-
gués, et de vous envoyer des songes légers,
qui, voltigeant autour de vous, flattent vos
sens par les images les plus riantes, et re-
poussent loin de vous tout ce qui pouroit
vous réveiller trop promptement.

La Déesse conduisit elle-même Télémaque dans cette grotte séparée de la sienne. Elle n'étoit ni moins rustique, ni moins
agréable. Une fontaine, qui couloit dans
un coin, y faisoit un doux murmure qui

appeloit le sommeil. Les Nymphes y avoient préparé deux lits d'une molle verdure, sur lesquels elles avoient étendu deux grandes peaux, l'une de lion pour Télémaque, et l'autre d'ours pour Mentor.

Avant que de laisser fermer ses yeux au sommeil, Mentor parla ainsi à Télémaque : Le plaisir de raconter vos histoires vous a entraîné; vous avez charmé la Déesse en lui expliquant les dangers dont votre courage et votre industrie vous ont tiré; par-là vous n'avez fait qu'enflammer davantage son cœur, et que vous préparer une plus dangereuse captivité. Comment espérez-vous qu'elle vous laisse maintenant sortir de son Isle, vous qui l'avez enchantée par le récit de vos aventures? L'amour d'une vaine gloire vous a fait parler sans prudence. Elle s'étoit engagée à vous raconter des histoires, et à vous apprendre qu'elle à été la destinée d'Ulysse; elle a trouvé moyen de parler

long-tems sans rien dire, et elle vous a engagé à lui expliquer tout ce qu'elle desire
savoir : tel est l'art des femmes flatteuses et
passionnées. Quand est-ce, ô Télémaque,
que vous serez assez sage pour ne jamais
parler par vanité, et que vous saurez taire
tout ce qui vous est avantageux quand il n'est
pas utile à dire ? Les autres admirent votre
sagesse dans un âge où il est pardonnable
d'en manquer : pour moi, je ne puis vous
rien pardonner ; je suis le seul qui vous connois, et qui vous aime assez pour vous avertir de toutes vos fautes. Combien êtes-vous
encore éloigné de la sagesse de votre père !

Quoi donc, répondit Télémaque, pou-
vois-je refuser à Calypso de lui raconter
mes malheurs ? Non, reprit Mentor, il falloit les lui raconter : mais vous deviez le faire
en ne lui disant que ce qui pouvoit lui donner de la compassion. Vous pouviez lui dire
que vous aviez été, tantôt errant, tantôt

captif en Sicile, puis en Egypte. C'étoit lui
dire assez, et tout le reste n'a servi qu'à
augmenter le poison qui brûle déja dans son
cœur. Plaise aux Dieux que le vôtre puisse
s'en préserver!

Mais que ferai-je donc, continua Télémaque, d'un ton modéré et docile? Il n'est
plus tems, reparût Mentor, de lui cacher ce
qui reste de vos aventures, elle en sait assez pour ne pouvoir être trompée sur ce
qu'elle ne sait pas encore; votre réserve ne
serviroit qu'à l'irriter: achevez donc demain
de lui raconter tout ce que les Dieux ont fait
en votre faveur, et apprenez une autre fois à
parler plus sobrement de tout ce qui peut
vous attirer quelque louange. Télémaque
reçut avec amitié un si bon conseil, et ils
se couchèrent.

Aussi-tôt que Phébus eut répandu ses
premiers rayons sur la terre, Mentor en-
tendant la voix de la Déesse, qui appeloit

C.aN. Cochin filius del.   N. de Mire Sculp.

Télémaque dans le Temple de Vénus
à Cythère.   La. IV.

ses Nymphes dans le bois, éveilla Télémaque. Il est tems, lui dit-il, de vaincre le sommeil : allons, retournez à Calypso, mais défiez-vous de ses douces paroles : ne lui ouvrez
jamais votre cœur ; craignez le poison flatteur
de ses louanges. Hier elle vous élevoit au-dessus de votre sage père, de l'invincible Achille,
du fameux Thésée, d'Hercule devenu immortel. Sentîtes-vous combien cette louange est
excessive ? Crûtes-vous ce qu'elle disoit ?
Sachez qu'elle ne le croit pas elle-même.
Elle ne vous loue qu'à cause qu'elle vous
croit foible, et assez vain pour vous laisser
tromper par des louanges disproportionnées
à vos actions.

Après ces paroles, ils allèrent au lieu où
la Déesse les attendoit. Elle sourit en les
voyant, et cacha, sous une apparence de joie,
la crainte et l'inquietude qui troubloient son
cœur ; car elle prévoyoit que Télémaque,
conduit par Mentor, lui échapperoit de même

qu'Ulysse. Hâtez-vous, dit-elle, mon cher
Télémaque, de satisfaire ma curiosité ; j'ai
cru, pendant toute la nuit, vous voir partir
de Phénicie, et chercher une nouvelle destinée dans l'Isle de Cypre : dites-nous donc
quel fut ce voyage, et ne perdons pas un
moment. Alors on s'assit sur l'herbe semée
de violettes, à l'ombre d'un bocage épais.

Calypso ne pouvoit s'empêcher de jetter
sans cesse des regards tendres et passionnés
sur Télémaque, et de voir avec indignation,
que Mentor observoit jusqu'au moindre mouvement de ses yeux. Cependant les Nymphes,
en silence, se penchoient pour prêter l'oreille,
et faisoient une espéce de demi-cercle pour
mieux écouter et pour mieux voir : les yeux
de l'assemblée étoient immobiles et attachés
sur le jeune homme. Télémaque baissant les
yeux, et rougissant avec beaucoup de grace, reprit ainsi la suite de son histoire :

A peine le doux souffle d'un vent favo-

rable avoit rempli nos voiles, que la terre
de Phénicie disparut à nos yeux. Comme
j'étois avec les Cypriens, dont j'ignorois les
mœurs, je me résolus de me taire, de remarquer tout, et d'observer toutes les regles de la
discrétion pour gagner leur estime. Mais pendant mon silence, un sommeil doux et puissant vint me saisir: mes sens étoient liés et
suspendus: je goûtois une paix et une joie
profonde qui enivroient mon cœur. Tout-à-
coup je crus voir Vénus qui fendoit les nues
dans son char volant, conduit par deux co-
lombes. Elle avoit cette éclatante beauté,
cette vive jeunesse, ces graces tendres qui
parûrent en elle, quand elle sortit de l'écume
de l'Océan, et qu'elle éblouit les yeux de Jupiter même. Elle descendit tout-à-coup d'un
vol rapide jusqu'auprès de moi, me mit en souriant la main sur l'épaule, et me nommant par
mon nom, prononça ces paroles: Jeune Grec,
tu vas entrer dans mon Empire, tu arriveras

bientôt dans cette Isle fortunée, où les plaisirs, les ris, les jeux folâtres, naissent sous
mes pas. Là tu bruleras des parfums sur mes
Autels; là je te plongerai dans un fleuve de
délices. Ouvre ton cœur aux plus douces
espérances, et garde-toi bien de résister à
la plus puissante de toutes les Déesses qui
veut te rendre heureux.

En même tems j'aperçus l'enfant Cupidon, dont les petites aîles s'agitant, le faisoient voler autour de sa mère. Quoiqu'il
eut sur son visage la tendresse, les graces et
l'enjouement de l'enfance, il avoit je ne sais
quoi dans ses yeux perçans qui me faisoit
peur. Il rioit en me regardant: son ris étoit
malin, moqueur et cruel. Il tira de son car-
quois d'or la plus aigue de ses flèches : il
banda son arc, et alloit me percer, quand
Minerve se montra soudainement pour me
couvrir de son Egide. Le visage de cette
Déesse n'avoit point cette beauté molle, et

cette langueur passionnée que j'avois remar-
quée dans le visage et dans la posture de
Vénus. C'étoit au contraire une beauté
simple, négligée, modeste; tout étoit grave,
vigoureux, noble, plein de force et de majesté. La flèche de Cupidon ne pouvant percer
l'Egide, tomba par terre. Cupidon indigné
en soupira amèrement; il eut honte de se
voir vaincu. Loin d'ici, s'écria Minerve, loin
d'ici, témeraire Enfant, tu ne vaincras jamais
que des ames lâches, qui aiment mieux tes
honteux plaisirs, que la sagesse, la vertu et
la gloire. A ces mots l'Amour irrité s'envola,
et Vénus remontant vers l'Olympe, je vis
long-tems son char, avec ses deux colom-
bes, dans une nuée d'or et d'azur, puis
elle disparut. En baissant mes yeux vers
la terre, je ne trouvai plus Minerve.

Il me sembla que j'étois transporté dans
un jardin délicieux, tel qu'on dépeint les
Champs Elysées. En ce lieu, je reconnus

Mentor qui me dit : Fuyez cette cruelle terre, cette Isle empestée, où l'on ne respire
que la volupté. La vertu la plus courageuse
y doit trembler, et ne peut se sauver qu'en
fuyant. Dès que je le vis, je voulois me jeter à son cou pour l'embrasser : mais je sentois que mes pieds ne pouvoient se mouvoir,
que mes genoux se déroboient sous moi, et
que mes mains, s'efforçant de saisir Mentor,
cherchoient une ombre vaine qui m'echap-
poit toujours. Dans cet effort je m'éveillai,
et je sentis que ce songe mystérieux étoit un
avertissement divin. Je me sentis plein de
courage contre les plaisirs, et de défiance
contre moi-même, pour détester la vie molle
des Cypriens. Mais ce qui me perça le
cœur, fut que je crus que Mentor avoit perdu la vie, et qu'ayant passé les ondes du Stix,
il habitoit l'heureux séjour des ames justes.

Cette pensée me fit répandre un torrent
de larmes. On me demanda pourquoi je

pleurois. Les larmes, répondis-je, ne conviennent que trop à un malheureux étranger qui erre sans espérance de revoir sa patrie. Cependant tous les Cypriens, qui étoient dans le vaisseau, s'abandonnoient à une folle joie. Les Rameurs, ennemis du travail, s'endormoient sur leurs rames; le Pilote, couronné de fleurs, laissoit le gouvernail, et tenoit en sa main une grande cruche de vin qu'il avoit presque vidée; lui et tous les autres, troublés par la fureur de Bacchus, chantoient à l'honneur de Vénus et de Cupidon, des vers qui devoient faire horreur à tous ceux qui aiment la vertu.

Pendant qu'ils oublioient ainsi les dangers de la mer, une tempête soudaine troubla le ciel et la mer. Les vents déchaînés mugissoient avec fureur dans les voiles, les ondes noires battoient les flancs du navire, qui gémissoit sous leurs coups. Tantôt nous montions sur le dos des vagues enflées, tantôt la mer

sembloit se dérober sous le navire, et nous
précipiter dans l'abyme. Nous apercevions
auprès de nous des rochers, contre lesquels
les flots irrités se brisoient avec un bruit
horrible. Alors je compris, par expérience,
ce que j'avois souvent ouï dire à Mentor,
que les hommes mous et abandonnés aux
plaisirs, manquent de courage dans les
dangers. Tous nos Cypriens abattus pleuroient comme des femmes; je n'entendois
que des cris pitoyables, que des regrets sur
les délices de la vie, que de vaines promesses aux Dieux pour leur faire des sacrifices,
si l'on pouvoit arriver au port. Personne ne
conservoit assez de présence d'esprit, ni pour
ordonner les manœuvres, ni pour les faire.
Il me parut que je devois, en sauvant ma vie,
sauver celle des autres. Je pris le gouvernail en main, parce que le Pilote, troublé
par le vin comme une Bacchante, étoit hors
d'état de connoître le danger du vaisseau;

j'encourageai les Matelots effrayés; je leur
fis baisser les voiles; ils ramèrent vigoureu-
sement: nous passames au travers des écueils,
et nous vîmes de près toutes les horreurs de
la mort.

C ette aventure parut comme un songe à
tous ceux qui me devoient la conservation
de leur vie; ils me regardoient avec étonnement. Nous arrivâmes en l'Isle de Cypre
au mois du printems qui est consacré à Vénus. Cette saison, disoient les Cypriens,
convient à cette Déesse, car elle semble animer toute la nature, et faire naître les plaisirs
comme les fleurs.

En arrivant dans l'Isle, je sentis un air
doux, qui rendoit les corps lâches et pa-
resseux, mais qui inspiroit une humeur
enjouée et folâtre. Je remarquai que la campagne naturellement fertile et agréable, étoit
presque inculte, tant les habitans étoient ennemis du travail. Je vis de tous côtés des

femmes et de jeunes filles vainement parées,
qui alloient, en chantant les louanges de
Vénus, se dévouer à son Temple. La beauté, les graces, la joie, les plaisirs éclatoient
également sur leurs visages; mais les grâces
y étoient trop affectées. On n'y voyoit point
une noble simplicité, et une pudeur aimable, qui fait le plus grand charme de la beauté. L'air de molesse, l'art de composer
leurs visages, leur parure vaine, leur démarche languissante, leurs regards qui sembloient chercher ceux des hommes, leur jalousie entr'elles pour allumer de grandes
passions; en un mot tout ce que je voyois
dans ces femmes me sembloit vil et méprisable : à force de vouloir me plaire, elles
me dégoutoient.

On me conduisit au Temple de la Déesse : elle en a plusieurs dans cette Isle;
car elle est particuliérement adorée à Cythère, à Idalie et à Paphos : c'est à Cythère

que je fus conduit. Le Temple est tout de
marbre ; c'est un parfait Péristile : les colonnes sont d'une grosseur et d'une hauteur qui
rendent cet édifice très majestueux : au-dessus de l'architrave et de la frise, sont à chaque face de grands frontons, où l'on voit en
bas relief toutes les plus agréables aventures
de la Déesse. A la porte du Temple est sans
cesse une foule de peuples qui viennent faire leurs offrandes. On n'égorge jamais, dans
l'enceinte du lieu sacré, aucune victime ; on
n'y brûle point, comme ailleurs, la graisse
des genisses et des taureaux ; on n'y répand
jamais leur sang ; on présente seulement,
devant l'Autel, les bêtes qu'on offre, et on
n'en peut offrir aucune qui ne soit jeune,
blanche, sans défaut et sans tache : on les
couvre de bandelettes de pourpre brodées
d'or ; leurs cornes sont dorées et ornées de
bouquets de fleurs odoriférantes. Après
qu'elles ont été présentées devant l'Autel,

on les renvoie dans un lieu écarté, où elles
sont égorgées pour les festins des Prêtres
de la Déesse.

On offre aussi toutes sortes de liqueurs
parfumées, et du vin plus doux que le nectar. Les Prêtres sont revêtus de longues robes blanches avec des ceintures d'or, et des
franges de même au bas de leurs robes.
On brûle nuit et jour, sur les Autels, les
parfums les plus exquis de l'Orient, et ils
forment une espéce de nuage qui monte
vers le Ciel. Toutes les colonnes du Temple sont ornées de festons pendans : tous
les vases qui servent au sacrifice sont d'or ;
un bois sacré de myrthes environne le bâ-
timent. Il n'y a que de jeunes garçons et de
jeunes filles d'une rare beauté qui puissent
présenter les victimes aux Prêtres, et qui
osent allumer le feu des Autels : mais l'impudence et la dissolution déshonorent un
Temple si magnifique.

D'abord j'eus horreur de ce que je voyois:
mais insensiblement je commençois à m'y
accoutumer. Le vice ne m'effrayoit plus ;
toutes les compagnies m'inspiroient je ne sais
quelle inclination pour le désordre: on se
moquoit de mon innocence ; ma retenue
et ma pudeur servoient de jouet à ces peuples effrontés. On n'oublioit rien pour exciter toutes mes passions, pour me tendre
des piéges, et pour réveiller en moi le goût
des plaisirs. Je me sentois affoiblir tous les
jours; la bonne éducation que j'avois re-
çue ne me soutenoit presque plus ; toutes
mes bonnes résolutions s'évanouissoient ;
je ne me sentois plus la force de résister au
mal qui me pressoit de tous côtés: j'avois
même une mauvaise honte de la vertu: j'é-
tois comme un homme qui nage dans une
rivière profonde et rapide; d'abord il fend
les eaux et remonte contre le torrent: mais
si les bords sont escarpés, et s'il ne peut

se reposer sur le rivage, il se lasse enfin peu
à peu, et sa force l'abandonne; ses membres
épuisés s'engourdissent, et le cours du fleuve l'entraîne. Ainsi mes yeux commençoient
à s'obscurcir, mon cœur tomboit en défail-
lance, je ne pouvois plus rapeller ni ma raison, ni le souvenir des vertus de mon père.
Le songe où je croyois avoir vu le sage Mentor, descendu aux champs Elysées, ache-
voit de me décourager: une secréte et douce
langueur s'emparoit de moi. J'aimois déja le
poison flatteur qui se glissoit de veine en veine, et qui pénétroit jusqu'à la moëlle de mes
os. Je poussois néanmoins encore de pro -
fonds soupirs; je versois des larmes amères;
je rugissois comme un lion dans ma fureur.
O malheureuse jeunesse! disois-je: O Dieux
qui vous jouez cruellement des hommes! pourquoi les faites vous passer par cet âge, qui est
un tems de folie, ou de fièvre ardente? O que
ne suis-je couvert de cheveux blancs, courbé

et proche du tombeau, comme Laërte, mon
aïeul! La mort me seroit plus douce que la
foiblesse honteuse où je me vois.

A peine avois-je ainsi parlé que ma douleur s'adoucissoit, et que mon cœur, enivré
d'une folle passion, secouoit presque toute pudeur; puis je me voyois plongé dans un abyme de remords. Pendant ce trouble, je courois
errant çà et là dans le sacré bocage, semblable à une biche qu'un Chasseur a blessée;
elle court au travers des vastes forêts pour soulager sa douleur: mais la flèche, qui l'a percée
dans le flanc, la suit par-tout; elle porte par-
tout avec elle le trait meurtrier. Ainsi je
courois en vain pour m'oublier moi-même,
et rien n'adoucissoit la plaie de mon cœur.

En ce moment, j'apperçus assez loin de
moi, dans l'ombre épaisse de ce bois, la figure du sage Mentor: mais son visage me
parut si pâle, si triste et si austère, que je n'en
pus ressentir aucune joie. Est-ce donc vous

ô mon cher ami, mon unique espérance? Est-
ce vous? Quoi donc? est-ce vous-même? Une
image trompeuse ne vient-elle pas abuser mes
yeux? Est-ce vous, Mentor? N'est-ce point
votre ombre encore sensible à mes maux? N'ê-
tes-vous point au rang des ames heureuses
qui jouissent de leur vertu, et à qui les Dieux
donnent des plaisirs purs dans une éternelle
paix aux champs Elisées? Parlez, Mentor, vi-
vez-vous encore? Suis-je assez heureux pour
vous posséder, ou bien n'est-ce qu'une ombre
de mon ami? En disant ces paroles, je courois
vers lui tout transporté jusqu'à perdre la respiration: il m'attendoit tranquillement sans faire
un pas vers moi. O Dieux! vous le savez quelle fut ma joie, quand je sentis que mes mains
le touchoient. Non, ce n'est pas une vaine ombre; je le tiens, je l'embrasse, mon cher Mentor: c'est ainsi que je m'écriai, j'arrosai son
visage d'un torrent de larmes; je demeurois
attaché à son col sans pouvoir parler. Il me

regardoit tristement avec des yeux pleins
d'une tendre compassion.

Enfin, je lui dis : Hélas ! d'où venez-vous ?
En quels dangers ne m'avez-vous point laissé pendant votre absence ? et que ferois-je
maintenant sans vous ? Mais sans répondre
à mes questions : Fuyez, me dit-il, d'un ton
terrible ; Fuyez, hâtez-vous de fuir. Ici la
terre ne porte pour fruit que du poison :
l'air qu'on y respire est empesté ; les hommes contagieux ne se parlent que pour se
communiquer un venin mortel. La volupté
lâche et infame, qui est le plus horrible des
maux sorti de la boëte de Pandore, amollit
les cœurs, et ne souffre ici aucune vertu.
Fuyez, que tardez-vous ? ne regardez pas
même derrière vous en fuyant ; effacez jusqu'au moindre souvenir de cette Isle exé-
crable.

Il dit ; et aussi-tôt je sentis comme un nuage épais qui se dissipoit sur mes yeux, et qui

me laissoit voir la pure lumière : une joie douce et pleine d'un ferme courage renaissoit dans mon cœur : cette joie étoit bien différente de cette autre joie molle et folâtre dont mes sens avoient été empoisonnés; l'une est une joie d'ivresse et de trouble, qui est entrecoupée de passions furieuses et de cuisans remords; l'autre est une joie de raison, qui a quelque chose de bienheureux et de céleste ; elle est toujours pure et égale ; rien ne peut l'épuiser : plus on s'y plonge, plus elle est douce; elle ravit l'ame sans la troubler. Alors je versai des larmes de joie, et je trouvois que rien n'étoit si doux que de pleurer ainsi. O heureux, disois-je, les hommes à qui la vertu se montre dans toute sa beauté! Peut-on la voir sans l'aimer? Peut-on l'aimer sans être heureux ?

Mentor me dit: Il faut que je vous quitte, je pars dans ce moment: il ne m'est pas permis de m'arrêter. Où allez-vous donc, lui

répondis-je? En quelle terre inhabitable
ne vous suivrai-je point? Ne croyez pas
pouvoir m'échapper; je mourrai plutôt sur
vos pas. En disant ces paroles, je le tenois
serré de toute ma force. C'est en vain, me
dit-il, que vous espérez de me retenir. Le
cruel Métophis me vendit à des Ethiopiens
ou Arabes. Ceux-ci étant allés à Damas
en Syrie pour leur commerce, voulurent se
défaire de moi, croyant en tirer une grande
somme d'un nommé Hazaël, qui cherchoit
un esclave Grec, pour connoître les mœurs
de la Grèce, et pour s'instruire de nos sciences. En effet, Hazaël m'acheta chèrement.
Ce que je lui ai appris de nos mœurs, lui a
donné la curiosité de passer dans l'Isle de
Crète pour étudier les sages loix de Minos.
Pendant notre navigation, les vents nous
ont contraints de relâcher dans l'Isle de Cypre. En attendant un vent favorable, il est
venu faire ses offrandes au Temple: le voilà

qui en sort; les vents nous appelent: déja nos voiles s'enflent. Adieu, mon cher Télémaque; un esclave, qui craint les Dieux, doit suivre fidélement son maître. Les Dieux ne me permettent plus d'être à moi; si j'étois à moi, ils le savent, je ne serois qu'à vous seul. Adieu, souvenez-vous des travaux d'Ulysse et des larmes de Pénélope; souvenez-vous des justes Dieux. O Dieux! protecteurs de l'innocence, en quelle terre suis-je contraint de laisser Télémaque?

Non, non, lui dis je, mon cher Mentor, il ne dépendra pas de vous de me laisser ici: plutôt mourir, que de vous voir partir sans moi. Ce Maître Syrien est il impitoyable? Est-ce une tigresse dont il a sucé les mammelles dans son enfance? Voudra-t-il vous arracher d'entre mes bras? Il faut qu'il me donne la mort, ou qu'il souffre que je vous suive: vous m'exhortez vous même à fuir; et vous ne voulez pas que je fuie en suivant

vos pas. Je vais parler à Hazaël, il aura peut-
être pitié de ma jeunesse et de mes larmes :
puisqu'il aime la sagesse et qu'il va si loin la
chercher, il ne peut point avoir un cœur fé-
roce et insensible ; je me jeterai à ses pieds,
j'embrasserai ses genoux, je ne le laisserai
point aller qu'il ne m'ait accordé de vous
suivre. Mon cher Mentor, je me ferai es -
clave avec vous ; je lui offrirai de me donner à lui : s'il me refuse, c'est fait de moi,
je me délivrerai de la vie.

Dans ce moment Hazaël appela Men-
tor ; je me prosternai devant lui. Il fut surpris
de voir un inconnu en cette posture. Que
voulez-vous, me dit-il ? La vie, répondis-
je ; car je ne puis vivre, si vous ne souffrez
que je suive Mentor, qui est à vous. Je suis
le fils du grand Ulysse, le plus sage des
Rois de la Grèce, qui ont renversé la superbe ville de Troie, fameuse dans toute
l'Asie. Je ne vous dis point ma naissance

pour me vanter; mais seulement pour vous
inspirer quelque pitié de mes malheurs. J'ai
cherché mon père par toutes les mers, ayant avec moi cet homme, qui étoit pour moi
un autre père. La fortune, pour comble de
maux, me l'a enlevé; elle l'a fait votre esclave: souffrez que je le sois aussi. S'il est vrai
que vous aimez la justice, et que vous alliez
en Crète pour apprendre les Loix du bon
Roi Minos, n'endurcissez point votre cœur
contre mes soupirs et contre mes larmes. Vous
voyez le fils d'un Roi qui est réduit à demander la servitude comme son unique ressource. Autrefois j'ai voulu mourir en Sicile
pour éviter l'esclavage: mais mes premiers
malheurs n'étoient que de foibles essais des
outrages de la fortune; maintenant je crains
de ne pouvoir être reçu parmi les esclaves.
O Dieux! voyez mes maux; ô Hazaël! souvenez-vous de Minos, dont vous admirez
la sagesse, et qui nous jugera tous deux dans

le Royaume de Pluton.

Hazaël me regardant avec un visage doux
et humain, me tendit la main et me releva. Je
n'ignore pas, me dit-il, la sagesse et la vertu
d'Ulysse : Mentor m'a raconté souvent quelle
gloire il a acquise parmi les Grecs ; et d'ailleurs, la prompte renommée a fait entendre
son nom à tous les peuples de l'Orient. Sui-
vez-moi, fils d'Ulysse, je serai votre père
jusqu'à ce que vous ayez retrouvé celui qui
vous a donné la vie. Quand même je ne serois pas touché de la gloire de votre père, de
ses malheurs et des vôtres, l'amitié que j'ai
pour Mentor, m'engageroit à prendre soin
de vous. Il est vrai que je l'ai acheté comme
esclave ; mais je le garde comme un ami fidèle : l'argent qu'il m'a coûté, m'a acquis
le plus cher et le plus précieux ami que j'aie
sur la terre. J'ai trouvé en lui la sagesse ; je
lui dois tout ce que j'ai d'amour pour la vertu. Dès ce moment il est libre, vous le serez

aussi; je ne vous demande à l'un et à l'autre que votre cœur .

En un instant je passai de la plus amère douleur à la plus vive joie que les mortels puissent sentir. Je me voyois sauvé d'un horrible danger; je m'approchois de mon pays : je trouvois un secours pour y retourner; je goutois la consolation d'être auprès d'un homme qui m'aimoit déja par le pur amour de la vertu. Enfin, je retrouvois tout en retrouvant Mentor pour ne le plus quitter .

Hazaël s'avance sur le bord du rivage ; nous le suivons, on entre dans le vaisseau , les Rameurs fendent les ondes paisibles . Un zéphyr léger se joue dans nos voiles; il anime tout le vaisseau, et lui donne un doux mouvement. L'Isle de Cypre disparoît bientôt. Hazaël qui avoit impatience de connoître mes sentimens, me demanda ce que je pensois des mœurs de cette Isle. Je lui dis ingénument en quel danger ma jeunesse

avoit été exposée, et le combat que j'avois
souffert au dedans de moi. Il fut touché de
mon horreur pour le vice, et dit ces paroles :
O Vénus, je reconnois votre puissance et
celle de votre fils; j'ai brulé de l'encens sur
vos autels : mais souffrez que je déteste l'in -
fame molesse des habitans de votre Isle, et
l'impudence brutale avec laquelle ils célé -
brent vos fêtes .

Ensuite il s'entretenoit avec Mentor de
cette première puissance qui a formé le Ciel
et la terre; de cette lumière infinie, immua-
ble, qui se donne à tous sans se partager ;
de cette vérité souveraine et universelle qui
éclaire tous les esprits, comme le Soleil éclaire tous les corps. Celui, ajoutoit il, qui n'a
jamais vu cette lumière pure, est aveugle
comme un aveugle né. Il passe sa vie dans
une profonde nuit, comme les peuples que
le Soleil n'éclaire point pendant plusieurs
mois de l'année. Il croit être sage, et il est

insensé : il croit tout voir, et il ne voit rien ; il meurt n'ayant jamais rien vu : tout au plus il apperçoit de sombres et fausses lueurs, de vaines ombres, des fantômes qui n'ont rien de réel. Ainsi sont tous les hommes entraî-nés par le plaisir des sens, et par les char-mes de l'imagination. Il n'y a point sur la ter-re de véritables hommes, excepté ceux qui consultent, qui aiment, qui suivent cette raison éternelle. C'est elle qui nous inspi-re quand nous pensons bien ; c'est elle qui nous reprend quand nous pensons mal. Nous ne tenons pas moins d'elle la raison que la vie ; elle est comme un grand Océan de lu-mière : nos esprits sont comme de petits ruis-seaux qui en sortent, et qui y retournent pour s'y perdre.

Quoique je ne comprisse point encore parfaitement la sagesse de ce discours, je ne laissois pas d'y goûter je ne sais quoi de pur et de sublime : mon cœur en étoit

échauffé, et la vérité me sembloit reluire dans
toutes ces paroles. Ils continuèrent à parler
de l'origine des Dieux, des Héros, des Poë-
tes, de l'âge d'or, du Déluge, des premie-
res Histoires du genre humain, du fleuve
d'Oubli où se plongent les ames des morts,
des peines éternelles préparées aux impies
dans le gouffre noir du Tartare, et de cette heureuse paix dont jouissent les Justes
dans les Champs Elisées, sans crainte de
pouvoir la perdre.

Pendant qu'Hazaël et Mentor parloient,
nous aperçumes des Dauphins couverts d'u-
ne écaille qui paroissoit d'or et d'azur. En
se jouant, ils soulevoient les flots avec beaucoup d'écume. Après eux venoient des Tritons, qui sonnoient de la trompette avec leurs
conques recourbées. Ils environnoient le
char d'Amphitrite, traîné par des chevaux
marins plus blancs que la neige, et qui fendant l'onde salée, laissoient loin derrière

eux un vaste sillon dans la mer. Leurs yeux
étoient enflammés, et leurs bouches étoient
fumantes. Le char de la Déesse étoit une
conque d'une merveilleuse figure; elle étoit
d'une blancheur plus éclatante que l'ivoire,
et les roues étoient d'or. Ce char sembloit
voler sur la face des eaux paisibles. Une
troupe de Nymphes couronnées de fleurs,
nageoient en foule derrière le char; leurs
beaux cheveux pendoient sur leurs épaules,
et flottoient au gré du vent. La Déesse tenoit d'une main un sceptre d'or pour commander aux vagues; de l'autre elle portoit
sur ses genoux le petit Dieu Palémon, son
fils, pendant à sa mammelle. Elle avoit un
visage serein et une douce majesté qui faisoit fuir les vents séditieux et toutes les noires tempêtes. Les Tritons conduisoient les
chevaux et tenoient les rênes dorées. Une
grande voile de pourpre flottoit dans l'air
au-dessus du char; elle étoit à demi enflée

par le souffle d'une multitude de petits zéphirs qui s'efforçoient de la pousser par leurs
haleines. On voyoit au milieu des airs Eo-
le empressé, inquiet et ardent. Son visage
ridé et chagrin, sa voix menaçante, ses
sourcils épais et pendans, ses yeux pleins
d'un feu sombre et austère, tenoient en silence les fiers Aquilons, et repoussoient
tous les nuages. Les immenses baleines et
tous les monstres marins faisant, avec leurs
narines un flux et reflux de l'onde amère,
sortoient à la hâte de leurs grottes profondes pour voir la Déesse.

FIN DU IV.ᵉ LIVRE.

LES AVENTURES
DE
TÉLÉMAQUE,
FILS D'ULYSSE.

LIVRE Vᵉ.

APRÈS que nous eûmes admiré ce
spectacle, nous commençames à découvrir
les montagnes de Crète, que nous avions
encore assez de peine à distinguer des

nuées du Ciel, et des flots de la mer. Bientôt nous vîmes le sommet du mont Ida, au-dessus des autres montagnes de l'Isle, comme un vieux cerf dans une forêt porte son bois rameux au-dessus des têtes des jeunes faons, dont il est suivi. Peu à peu nous vîmes plus distinctement les côtes de cette Isle, qui se présentoient à nos yeux comme un amphithéatre. Autant que la terre de Cypre nous avoit paru négligée et inculte, autant celle de Crète se montroit fertile et ornée de tous les fruits par le travail de ses habitans.

De tous côtés nous remarquions des Villages bien bâtis, des bourgs qui égaloient des Villes, et des Villes superbes. Nous ne trouvions aucun champ, où la main du Laboureur diligent ne fut imprimée ; partout la charrue avoit laissé de creux sillons ; les ronces, les épines et toutes les plantes qui occupent inutilement la terre , sont

inconnues en ce pays. Nous considérions avec
plaisir les creux vallons où les troupeaux de
bœufs mugissent dans les gras herbages le
long des ruisseaux ; les moutons paissant
sur le penchant d'une colline ; les vastes
campagnes, couvertes de jaunes épis, riches dons de la féconde Cérès ; enfin, les
montagnes ornées de pampres et de grap -
pes d'un raisin déja coloré, qui promettoit
aux Vendangeurs les doux présens de Bacchus pour charmer les soucis des hommes.

Mentor nous dit qu'il avoit été autrefois
en Crète, et il nous expliqua ce qu'il en connoissoit. Cette Isle, disoit-il, admirée de
tous les étrangers, et fameuse par ses cent
Villes, nourrit sans peine tous ses habitans ,
quoiqu'ils soient innombrables. C'est que
la terre ne se lasse jamais de répandre ses
biens sur ceux qui la cultivent. Son sein fé-
cond ne peut s'épuiser ; plus il y a d'hom -
mes dans un pays, pourvu qu'ils soient

laborieux, plus ils jouissent de l'abondance : ils n'ont jamais besoin d'être jaloux les
uns des autres. La terre, cette bonne mère,
multiplie ses dons selon le nombre de ses
enfans, qui méritent ses fruits par leur travail. L'ambition et l'avarice des hommes
sont les seules sources de leur malheur. Les
hommes veulent tout avoir, et ils se rendent
malheureux par le désir du superflu; s'ils vouloient vivre simplement, et se contenter de satisfaire aux vrais besoins, on verroit par-tout
l'abondance, la joie, l'union et la paix.

C'est ce que Minos, le plus sage et le
meilleur de tous les Rois, avoit compris. Tout
ce que vous verrez de plus merveilleux dans
cette Isle, est le fruit de ses loix. L'éducation
qu'il faisoit donner aux enfans, rend les
corps sains et robustes : on les accoutume
d'abord à une vie simple, frugale et labo-
rieuse; on suppose que toute volupté amollit le corps et l'esprit; on ne leur propose

jamais d'autre plaisir que celui d'être invincible par la vertu, et d'acquérir beaucoup
de gloire. On ne met pas seulement le courage à mépriser la mort dans les dangers de
la guerre, mais encore à fouler aux pieds les
trop grandes richesses et les plaisirs honteux.
Ici on punit trois vices, qui sont impunis
chez les autres peuples, l'ingratitude, la dissimulation et l'avarice.

Pour le faste et la molesse, on n'a jamais
besoin de les réprimer; car ils sont inconnus en Crète. Tout le monde y travaille, et
personne ne songe à s'y enrichir; chacun se
croit assez payé de son travail par une vie
douce et réglée, où l'on jouit en paix et avec
abondance de tout ce qui est véritablement nécessaire à la vie. On n'y souffre
ni meubles précieux, ni habits magnifi-
ques, ni festins délicieux, ni Palais dorés.
Les habits sont de laine fine et de belles
couleurs, mais tout unis et sans broderie.

Les repas y sont sobres; on y boit peu de
vin: le bon pain en fait la principale partie,
avec les fruits que les arbres offrent com -
me d'eux-mêmes, et le lait des troupeaux.
Tout au plus on y mange un peu de gros-
se viande sans ragoût; encore même a-t-on
soin de réserver ce qu'il y a de meilleur
dans les grands troupeaux de bœufs pour
faire fleurir l'agriculture. Les maisons y
sont propres, commodes, riantes, mais sans
ornemens. La superbe architecture n'y est
pas ignorée: mais elle est réservée pour les
Temples des Dieux, et les hommes n'ose -
roient avoir des maisons semblables à celles
des Immortels. Les grands biens des Crétois
sont la santé, la force, le courage, la paix
et l'union des familles, la liberté de tous les
Citoyens, l'abondance des choses néces -
saires, le mépris des superflues, l'habitude
du travail et l'horreur de l'oisiveté, l'ému-
lation pour la vertu, la soumission aux loix,

et la crainte des justes Dieux.

Je lui demandai en quoi consistoit l'autorité du Roi, et il me répondit. Il peut tout sur les peuples; mais les loix peuvent tout sur lui. Il a une puissance absolue pour faire le bien, et les mains liées dès qu'il veut faire le mal. Les loix lui confient les peuples comme le plus précieux de tous les dépôts, à condition qu'il sera le père de ses Sujets. Elles veulent qu'un seul homme serve par sa sagesse et sa modération à la félicité de tant d'hommes; et non pas que tant d'hommes servent, par leur misère et par leur servitude lâche, à flatter l'orgueil et la molesse d'un seul homme. Le Roi ne doit rien avoir au-dessus des autres, excepté ce qui est nécessaire, ou pour le soulager dans ses pénibles fonctions, ou pour imprimer aux peuples le respect de celui qui doit soutenir les loix. D'ailleurs le Roi doit être plus sobre, plus ennemi de la molesse,

plus exempt de faste et de hauteur qu'aucun autre. Il ne doit point avoir plus de richesses et de plaisirs, mais plus de sagesse,
de vertu et de gloire que le reste des hommes.
Il doit être au-dehors le défenseur de la Patrie, en commandant les armées; et au-dedans le Juge des peuples pour les rendre
bons, sages et heureux. Ce n'est point pour
lui-même que les Dieux l'ont fait Roi; il ne
l'est que pour être l'homme des peuples: c'est
aux peuples qu'il doit tout son tems, tous ses
soins, toute son affection, et il n'est digne
de la Royauté, qu'autant qu'il s'oublie lui-
même pour se sacrifier au bien public. Minos n'a voulu que ses enfans régnassent
après lui, qu'à condition qu'ils régneroient
suivant ces maximes. Il aimoit encore plus
son peuple que sa famille: c'est par une telle
sagesse qu'il a rendu la Crète si puissante
et si heureuse; c'est par cette modération
qu'il a effacé la gloire de tous les Conquérans

qui veulent faire servir les peuples à leur propre grandeur, c'est-à-dire à leur vanité ; enfin, c'est par sa justice qu'il a mérité d'être aux enfers le souverain Juge des morts.

Pendant que Mentor faisoit ce discours, nous abordâmes dans l'Isle. Nous vîmes le fameux Labyrinthe, ouvrage des mains de l'ingénieux Dédale, et qui étoit une imitation du grand Labyrinthe que nous avions vu en Egypte. Pendant que nous considérions ce curieux édifice, nous vîmes le peuple qui couvroit le rivage et qui accouroit en foule dans un lieu assez voisin du bord de la mer. Nous demandâmes la cause de leur empressement, et voici ce qu'un Crétois nommé Nausicrate nous raconta.

Idoménée, fils de Deucalion, et petit-fils de Minos, dit-il, étoit allé, comme les autres Rois de la Grèce, au siége de Troie. Après la ruine de cette Ville, il fit voile pour revenir en Crète ; mais la tempête fut

si violente, que le Pilote de son vaisseau,
et tous les autres qui étoient expérimentés
dans la navigation, crurent que leur naufrage étoit inévitable. Chacun avoit la mort
devant les yeux; chacun voyoit les abymes
ouverts pour l'engloutir; chacun déploroit
son malheur, n'espérant pas même le triste repos des ombres qui traversent le Stix,
après avoir reçu la sépulture. Idomenée,
levant les yeux et les mains vers le Ciel,
invoquoit Neptune: O puissant Dieu, s'é-
crioit-il, toi qui tiens l'empire des ondes,
daigne écouter un malheureux: si tu me fais
revoir l'Isle de Crète, malgré la fureur
des vents, je t'immolerai la première tête
qui se présentera à mes yeux.

Cependant son fils, impatient de revoir son père, se hâtoit d'aller au devant
de lui pour l'embrasser; malheureux qui
ne savoit pas que c'étoit courir à sa perte. Le père, échappé à la tempête, arrivoit

dans le port desiré: il remercioit Neptune
d'avoir écouté ses vœux; mais bientôt il sen-
tit combien ses vœux lui étoient funestes. Un
pressentiment de son malheur lui donnoit un
cuisant repentir de son vœu indiscret; il craignoit d'arriver parmi les siens, et il appré -
hendoit de revoir ce qu'il avoit de plus cher
au monde. Mais la cruelle Némésis, Déesse
impitoyable, qui veille pour punir les hommes, et sur-tout les Rois orgueilleux, poussoit d'une main fatale et invisible Idoménée.
Il arrive; à peine ose-t-il lever les yeux; il
voit son fils; il recule saisi d'horreur: ses yeux
cherchent, mais en vain, quelqu'autre tête
moins chère qui puisse lui servir de victime.
Cependant le fils se jette à son cou, et est
tout étonné que son père répond si mal à sa
tendresse; il le voit fondant en larmes.

O mon père, dit-il, d'où vient cette tristesse? Après une si longue absence, êtes-vous
fâché de vous revoir dans votre Royaume, et

de faire la joie de votre fils ? Qu'ai-je fait ?
Vous détournez vos yeux de peur de me voir.
Le père, accablé de douleur, ne répondit
rien. Enfin après de profonds soupirs, il dit :
Ah! Neptune, que t'ai-je promis ? A quel
prix m'as-tu garanti du naufrage ? Rends-
moi aux vagues et aux rochers, qui devoient,
en me brisant, finir ma triste vie; laisse vivre
mon fils. O Dieu cruel, tiens, voilà mon
sang, épargne le sien. En parlant ainsi, il
tira son épée pour se percer: mais tous ceux
qui étoient auprès de lui arrêterent sa main.
Le vieillard Sophronyme, interprête des
volontés des Dieux, lui assura qu'il pourroit contenter Neptune sans donner la mort
à son fils. Votre promesse, disoit-il, a été
imprudente: les Dieux ne veulent point être
honorés par la cruauté; gardez-vous bien
d'ajouter, à la faute de votre promesse, celle de l'accomplir contre toutes les loix de
la nature; offrez à Neptune cent taureaux plus

blancs que la neige; faites couler leur sang
autour de son Autel couronné de fleurs; faites fumer un doux encens en l'honneur de
ce Dieu.

Idoménée écoutoit ce discours la tête bais-
sée et sans répondre; la fureur étoit allumée
dans ses yeux: son visage pâle et défiguré
changeoit à tout moment de couleur; on voyoit ses membres tremblans. Cependant son
fils lui disoit: Me voici, mon père; votre fils
est prêt à mourir pour appaiser le Dieu de la
mer; n'attirez pas sa colère sur vous: je meurs
content, puisque ma mort vous aura garanti
de la vôtre. Frappez, mon père, ne craignez
point de trouver en moi un fils indigne de vous,
qui craigne de mourir.

En ce moment Idoménée, tout hors de lui,
et comme déchiré par les furies infernales, sur-
prend tous ceux qui l'observoient de près; il
enfonce son épée dans le cœur de cet enfant; il la retire toute fumante et toute pleine

de sang pour la plonger dans ses propres entrailles: il est encore une fois retenu par ceux
qui l'environnent. L'enfant tombe dans son
sang; ses yeux se couvrent des ombres de la
mort; il les entr'ouvre à la lumière: mais à peine l'a-t-il trouvée, qu'il ne peut plus la supporter. Tel qu'un beau lis au milieu des champs
coupé dans sa racine par le tranchant de la
charrue, languit et ne se soutient plus; il n'a
point encore perdu cette vive blancheur et cet
éclat qui charme les yeux: mais la terre ne le
nourrit plus, et sa vie est éteinte. Ainsi le fils
d Idoménée, comme une jeune et tendre fleur,
est cruellement moissonné dès son premier âge.
Le père, dans l'excès de sa douleur devient
insensible; il ne sait où il est, ni ce qu'il fait, ni
ce qu'il doit faire; il marche chancelant vers
la Ville, et demande son fils.

   Cependant le peuple, touché de compassion pour l'enfant, et d'horreur pour l'action
barbare du père, s'écrie que les Dieux justes

l'ont livré aux furies. La fureur leur fournit des
armes; ils prennent des bâtons et des pierres ;
la discorde souffle dans tous les cœurs un ve -
nin mortel. Les Crétois, les sages Crétois oublient la sagesse qu'ils ont tant aimée ; ils ne
reconnoissent plus le petit-fils du sage Minos.
Les amis d'Idoménée ne trouvent plus de sa-
lut pour lui, qu'en le ramenant vers ses vaisseaux : ils s'embarquent avec lui, ils fuient à
la merci des ondes. Idoménée revenant à soi,
les remercie de l'avoir arraché d'une terre
qu'il a arrosée du sang de son fils, et qu'il ne
sauroit plus habiter. Les vents les conduisent
vers l'Hespérie, et ils vont fonder un nouveau
Royaume dans le pays des Salentins.

Cependant les Crétois n'ayant plus de Roi
pour les gouverner, ont résolu d'en choisir un
qui conserve dans leur pureté les loix établies.
Voici les mesures qu'ils ont prises pour faire
ce choix. Tous les principaux Citoyens des
cent villes sont assemblés ici. On a déja

commencé par des sacrifices; on a assemblé
tous les sages les plus fameux des pays voisins, pour examiner la sagesse de ceux qui pa-
roîtront dignes de commander. On a préparé
des jeux publics, où tous les Prétendans combattront; car on veut donner pour prix la Royauté à celui qu'on jugera vainqueur de tous les
autres, et pour l'esprit et pour le corps. On
veut un Roi dont le corps soit fort et adroit,
et dont l'ame soit ornée de la sagesse et de
la vertu. On appelle ici tous les Etrangers.

Après nous avoir raconté toute cette histoire étonnante, Nausicrate nous dit: Hâtez-vous donc, ô Etrangers, de venir dans
notre assemblée: vous combattrez avec les
autres; et si les Dieux destinent la victoire à l'un de vous, il régnera en ce Pays.
Nous le suivîmes sans aucun desir de
vaincre, mais par la seule curiosité de voir
une chose si extraordinaire.

Nous arrivâmes à une espéce de Cirque

C.N. Cochin. Del.   1782.   N. De Launay. Sculp.

Télémaque explique les Loix
de Minos.   *Liv. V.*

très vaste, environné d'une épaisse forêt: le
milieu du Cirque étoit une arène préparée
pour les combattans; elle étoit bordée par
un grand amphithéâtre d'un gazon frais, sur
lequel étoit assis et rangé un peuple innombrable. Quand nous arrivâmes, on nous reçut avec honneur; car les Crétois sont les
peuples du monde qui exercent le plus no-
blement et avec le plus de religion l'hospita-
lité. On nous fit asseoir, et on nous invita
à combattre. Mentor s'en excusa sur son
âge, et Hazaël sur sa foible santé; ma
jeunesse et ma vigueur m'ôtoient toute
excuse: je jettai néanmoins un coup d'œil
sur Mentor pour découvrir sa pensée, et
j'apperçus qu'il souhaitoit que je combatisse.
J'acceptai donc l'offre qu'on me faisoit, je
me dépouillai de mes habits: on fit couler
des flots d'huile douce et luisante sur tous
les membres de mon corps, et je me melai
parmi les combattans. On dit de tous côtés

que c'étoit le fils d'Ulysse, qui étoit venu
pour tâcher de remporter le prix ; et plusieurs Crétois qui avoient été à Ithaque
pendant mon enfance, me reconnurent.

Le premier combat fut celui de la lutte.
Un Rhodien, d'environ trente cinq ans, sur-
monta tous les autres qui osèrent se présenter à lui : il étoit encore dans toute la vigueur
de la jeunesse ; ses bras étoient nerveux et
bien nourris : au moindre mouvement qu'il
faisoit, on voyoit tous ses muscles ; il étoit
également souple et fort. Je ne lui parus
pas digne d'être vaincu ; et regardant avec
pitié ma tendre jeunesse, il voulut se retirer :
mais je me présentai à lui. Alors nous nous
saisîmes l'un l'autre ; nous nous serrâmes à
perdre la respiration. Nous étions épaule
contre épaule, pied contre pied, tous les
nerfs tendus et les bras entrelacés comme
des serpens ; chacun s'efforçant d'enlever de
terre son ennemi. Tantôt il tâchoit de me

surprendre en me poussant du côté droit;
tantôt il s'efforçoit de me pencher du côté
gauche. Pendant qu'il me tâtoit ainsi, je le
poussai avec tant de violence, que ses
reins plièrent : il tomba sur l'arène et m'en-
traîna sur lui. En vain il tâcha de me mettre
dessous; je le tins immobile sous moi. Tout
le peuple cria : Victoire au fils d'Ulysse ;
et j'aidai au Rhodien confus à se relever.

Le combat du Ceste fut plus difficile.
Le fils d'un riche Citoyen de Samos avoit
acquis une haute réputation dans ce genre
de combat. Tous les autres lui cédèrent; il n'y
eut que moi qui espérai la victoire. D'abord
il me donna dans la tête, et puis dans l'esto-
mac, des coups qui me firent vomir le sang,
et qui répandirent sur mes yeux un épais nuage. Je chancelai ; il me pressoit, et je ne
pouvois plus respirer : mais je fus ranimé par
la voix de Mentor, qui me crioit : O fils
d'Ulysse, seriez-vous vaincu ? La colère

me donna de nouvelles forces; j'évitai plusieurs coups dont j'aurois été accablé. Aussi-tôt que le Samien m'avoit porté un faux
coup, et que son bras s'allongeoit en vain,
je le surprenois dans cette posture penchée :
déja il reculoit, quand je haussai mon Ceste
pour tomber sur lui avec plus de force : il
voulut esquiver ; et perdant l'équilibre, il
me donna le moyen de le renverser. A peine
fut-il étendu par terre, que je lui tendis la
main pour le relever : il se redressa lui-même couvert de poussière et de sang ; sa
honte fut extrême, mais il n'osa renouvel-
ler le combat.

A ussi-tôt on commença les courses des
chariots que l'on distribua au sort. Le mien
se trouva le moindre pour la légéreté des
roues, et pour la vigueur des chevaux.
Nous partons; un nuage de poussière vo-
le et couvre le ciel. Au commencement
je laissai les autres passer devant moi. Un

jeune Lacédémonien, nommé Crantor,
laissoit d'abord tous les autres derrière lui.
Un Crétois nommé Polyclète le suivoit
de près. Hippomaque, parent d'Idomenée,
et qui aspiroit à lui succéder, lâchant les
rênes à ses chevaux fumans de sueur, étoit
tout penché sur leurs crins flottans ; et le
mouvement des roues de son chariot étoit si
rapide, qu'elles paroissoient immobiles comme les ailes d'un aigle qui fend les airs.
Mes chevaux s'animèrent et se mirent peu-
à-peu en haleine; je laissai loin derrière
moi presque tous ceux qui étoient partis
avec tant d'ardeur. Hippomaque parent d'I-
domenée, pressant trop ses chevaux, le
plus vigoureux s'abattit, et ôta par sa chûte
à son maître l'espérance de régner.

Polyclète, se penchant trop sur ses chevaux, ne put se tenir ferme dans une secousse; il tomba, les rênes lui echapèrent,
et il fut trop heureux de pouvoir éviter la

mort. Crantor, voyant avec des yeux pleins
d'indignation, que j'étois auprès de lui, re-
doubla son ardeur : tantôt il invoquoit les
dieux , et leur promettoit de riches offrandes ; tantôt il parloit à ses chevaux pour les
animer : il craignoit que je ne passasse entre la borne et lui ; car mes chevaux mieux
ménagés que les siens, étoient en état de le
devancer : il ne lui restoit plus d'autre ressource, que celle de me fermer le passa-
ge . Pour y réussir, il hazarda de se briser
contre la borne ; il y brisa effectivement sa
roue. Je ne songeai qu'à faire promptement
le tour pour n'être pas engagé dans son désordre ; et il me vit un moment après au bout
de la carrière. Le peuple s'écria encore une
fois : Victoire au fils d'Ulysse ! C'est lui que
les Dieux destinent à régner sur nous.

Cependant les plus illustres et les plus
sages d'entre les Crétois nous conduisirent
dans un bois antique et sacré, reculé de la

vue des hommes profanes, où les vieillards
que Minos avoit établis juges du peuple et
gardes des loix, nous assemblèrent. Nous
étions les mêmes qui avions combattu dans
les jeux; nul autre n'y fut admis. Les sages ouvrirent les livres où toutes les loix de
Minos sont recueillies. Je me sentis saisi de
respect et de honte, quand j'approchai de
ces vieillards, que l'âge rendoit vénéra –
bles, sans leur ôter la vigueur de l'esprit; ils
étoient assis avec ordre, et immobiles dans
leurs places: leurs cheveux étoient blancs;
plusieurs n'en avoient presque plus. On voyoit reluire sur leurs visages graves une sagesse douce et tranquille: ils ne se pres-
soient point de parler; ils ne disoient que
ce qu'ils avoient résolu de dire. Quand ils
étoient d'avis différens, ils étoient si modérés
à soutenir ce qu'ils pensoient de part et
d'autre, qu'on auroit cru qu'ils étoient tous
d'une même opinion. La longue expérience

des choses passées, et l'habitude du travail, leur donnoit de grandes vues sur toutes choses: mais ce qui perfectionnoit le plus leur raison, étoit le calme de leurs esprits délivrés des folles passions et des caprices de la jeunesse. La sagesse toute seule agissoit en eux, et le fruit de leur longue vertu étoit d'avoir si bien dompté leurs humeurs, qu'ils goûtoient sans peine le doux et noble plaisir d'écouter la raison. En les admirant, je souhaitai que ma vie pût s'accourcir pour arriver tout-à-coup à une si estimable vieillesse. Je trouvois la jeunesse malheureuse d'être si impétueuse et si éloignée de cette vertu si éclairée et si tranquille.

Le premier d'entre ces vieillards ouvrit le livre des loix de Minos. C'étoit un grand livre qu'on tenoit d'ordinaire renfermé dans une cassette d'or avec des parfums. Tous ces vieillards le baisèrent avec respect; car ils disent qu'après les Dieux de qui les

bonnes loix viennent, rien ne doit être si sacré aux hommes que les loix destinées à les
rendre bons, sages et heureux. Ceux qui ont
dans leurs mains les loix pour gouverner les
peuples, doivent toujours se laisser gouverner eux-mêmes par les loix. C'est la loi et non
pas l'homme qui doit régner. Tel étoit le discours de ces Sages. Ensuite celui qui prési-
doit, proposa trois questions qui devoient
être décidées par les maximes de Minos.

La première question étoit de savoir quel
est le plus libre de tous les hommes. Les uns
répondirent que c'étoit un Roi qui avoit sur
son peuple un empire absolu, et qui étoit
victorieux de tous ses ennemis. D'autres soutinrent que c'étoit un homme si riche, qu'il
pouvoit contenter tous ses desirs. D'autres
dirent que c'étoit un homme qui ne se marioit
point, et qui voyageoit pendant toute sa vie
en divers pays sans jamais être assujetti aux
loix d'aucune nation. D'autres s'imaginèrent

que c'étoit un barbare qui vivant de sa chasse au milieu des bois, étoit indépendant de
toute police et de tout besoin. D'autres crurent que c'étoit un homme nouvellement af-
franchi, parce qu'en sortant des rigueurs de
la servitude, il jouissoit plus qu'aucun autre
des douceurs de la liberté. D'autres enfin
s'avisèrent de dire que c'étoit un homme
mourant, parce que la mort le délivroit de
tout, et que tous les hommes ensemble n'a-
voient plus aucun pouvoir sur lui.

Quand mon rang fut venu, je n'eus pas
de peine à répondre, parce que je n'avois
pas oublié ce que Mentor m'avoit dit souvent. Le plus libre de tous les hommes, répondis-je, est celui qui peut être libre dans
l'esclavage même. En quelque pays et en
quelque condition qu'on soit, on est très libre, pourvu qu'on craigne les Dieux, et
qu'on ne craigne qu'eux. En un mot, l'homme véritablement libre est celui qui, dégagé

de toute crainte et de tout desir, n'est soumis
qu'aux Dieux et à la raison. Les vieillards
s'entre-regardèrent en souriant, et furent surpris de voir que ma réponse fut précisément
celle de Minos.

Ensuite on proposa la seconde question en
ces termes : Quel est le plus malheureux de
tous les hommes ? Chacun disoit ce qui lui venoit dans l'esprit. L'un disoit : C'est un homme
qui n'a ni biens, ni santé, ni honneur. Un
autre disoit : C'est un homme qui n'a aucun
ami. D'autres soutenoient que c'est un homme qui a des enfans ingrats et indignes de lui.
Il vint un sage de l'Isle de Lesbos, qui dit :
Le plus malheureux de tous les hommes est
celui qui croit l'être ; car le malheur dépend
moins des choses qu'on souffre, que de l'impatience avec laquelle on augmente son malheur. A ces mots toute l'assemblée se récria :
on applaudit, et chacun crut que ce sage Lesbien remporteroit le prix sur cette question.

Mais on me demanda ma pensée, et je répondis, suivant les maximes de Mentor. Le plus
malheureux de tous les hommes est un Roi
qui croit être heureux en rendant les autres hommes misérables : il est doublement malheureux
par son aveuglement, ne connoissant pas son
malheur; il ne peut s'en guérir; il craint même
de le connoître. La vérité ne peut percer la
foule des flatteurs pour aller jusqu'à lui. Il est
tyrannisé par ses passions; il ne connoît point
ses devoirs; il n'a jamais gouté le plaisir de
faire le bien, ni senti les charmes de la pure
vertu : il est malheureux et digne de l'être; son
malheur augmente tous les jours; il court à sa
perte, et les Dieux se préparent à le confondre par une punition éternelle. Toute l'assemblée avoua que j'avois vaincu le sage Lesbien,
et les vieillards déclarèrent que j'avois ren -
contré le vrai sens de Minos.

Pour la troisième question, on demanda
lequel des deux est préférable : d'un côté, un

Roi conquérant et invincible dans la guerre ;
de l'autre, un Roi sans expérience de la guerre, mais propre à policer sagement les peuples
dans la paix. La plupart répondirent que le
Roi invincible dans la guerre, étoit préférable.
A quoi sert, disoient-ils, d'avoir un Roi qui
sache bien gouverner en paix, s'il ne sait pas
défendre le pays quand la guerre vient? Les
ennemis le vaincront, et réduiront son peuple
en servitude. D'autres soutenoient au contraire, que le Roi pacifique seroit meilleur, parce qu'il craindroit la guerre, et l'éviteroit par
ses soins. D'autres disoient qu'un Roi conquérant travailleroit à la gloire de son peuple aussi-
bien qu'à la sienne, et qu'il rendroit ses sujets
maîtres des autres Nations, au lieu qu'un Roi
pacifique les tiendroit dans une honteuse lâ-
cheté. On voulut savoir mon sentiment. Je
répondis ainsi :

Un Roi qui ne sait gouverner que dans
la paix ou dans la guerre, et qui n'est pas

capable de conduire son peuple dans ces deux états, n'est qu'à demi Roi. Mais si vous comparez un Roi qui ne sait que la guerre, à un Roi sage, qui, sans savoir la guerre, est capable de la soutenir dans le besoin par ses généraux, je le trouve préférable à l'autre. Un Roi entièrement tourné à la guerre, voudroit toujours la faire pour étendre sa domination et sa gloire propre; il ruineroit son peuple. A quoi sert-il à un peuple que son Roi subjugue d'autres Nations, si on est malheureux sous son règne? D'ailleurs les longues guerres entraînent toujours après elles beaucoup de désordres; les victorieux mêmes se dérèglent pendant ce tems de confusion. Voyez ce qu'il en coute à la Grèce pour avoir triomphé de Troye; elle a été privée de ses Rois pendant plus de dix ans. Lorsque tout est en feu par la guerre, les loix, l'agriculture, les arts languissent. Les meilleurs Princes mêmes, pendant qu'ils ont une guerre à

soutenir, sont contraints de faire le plus grand
des maux, qui est de tolérer la licence, et de
se servir des méchans. Combien y a-t-il de
scélérats qu'on puniroit pendant la paix, et
dont on a besoin de récompenser l'audace
dans les désordres de la guerre ? Jamais
aucun peuple n'a eu un Roi conquérant, sans
avoir beaucoup souffert de son ambition. Un
conquérant enivré de sa gloire, ruine presque autant sa Nation victorieuse que les autres
Nations vaincues. Un Prince qui n'a point les
qualités nécessaires pour la paix, ne peut faire goûter à ses Sujets les fruits d'une guerre
heureusement finie : il est comme un homme
qui défendroit son champ contre son voisin, et
qui usurperoit celui de son voisin même; mais
qui ne sauroit, ni labourer, ni semer, pour
recueillir aucune moisson. Un tel homme semble né pour détruire, pour ravager, pour renverser le monde, et non pour rendre le peuple
heureux par un sage gouvernement.

Venons maintenant au Roi pacifique. Il est
vrai qu'il n'est pas propre à de grandes conquêtes; c'est-à-dire, qu'il n'est pas né pour
troubler le repos de son peuple en voulant
vaincre les autres peuples que la justice ne lui
a pas soumis; mais s'il est véritablement propre à gouverner en paix, il a toutes les qualités nécessaires pour mettre son peuple en
sureté contre ses ennemis. Voici comment:
il est juste, modéré, et commode à l'égard
de ses voisins; il n'entreprend jamais contre
eux rien qui puisse troubler la paix: il est fidéle dans ses alliances. Ses Alliés l'aiment, ne
le craignent point, et ont une entière confiance
en lui. S'il a quelque voisin inquiet, hautain et
ambitieux, tous les autres Rois voisins, qui craignent ce voisin inquiet, et qui n'ont aucune jalousie du Roi pacifique, se joignent à ce bon
Roi pour l'empêcher d'être opprimé. Sa pro-
bité, sa bonne foi, sa modération le rendent
l'arbitre de tous les Etats qui environnent le

sien. Pendant que le Roi entreprenant est odieux
à tous les autres, et sans cesse exposé à leurs
ligues, celui-ci a la gloire d'être comme le
père et le tuteur de tous les autres Rois. Voilà
les avantages qu'il a au dehors. Ceux dont
il jouit au dedans sont encore plus solides.
Puisqu'il est propre à gouverner en paix, je
suppose qu'il gouverne par les plus sages
loix. Il retranche le faste, la molesse et tous
les arts qui ne servent qu'à flatter les vices: il
fait fleurir les autres arts qui sont utiles aux
véritables besoins de la vie; sur-tout il appli-
que ses Sujets à l'agriculture. Par-là il les met
dans l'abondance des choses nécessaires. Ce
peuple laborieux, simple dans ses mœurs, accoutumé à vivre de peu, gagnant facilement sa
vie par la culture de ses terres, se multiplie à
l'infini. Voilà dans ce Royaume un peuple
innombrable, mais un peuple sain, vigoureux,
robuste, qui n'est point amolli par les volup-
tés, qui est exercé par la vertu, qui n'est point

attaché aux douceurs d'une vie lâche et délicieuse, qui sait mépriser la mort, qui aimeroit
mieux mourir que de perdre cette liberté qu'il
goûte sous un sage Roi appliqué à ne régner
que pour faire régner la raison. Qu'un conquérant voisin attaque ce peuple, il ne le trouve-
ra peut-être pas assez accoutumé à camper,
à se ranger en bataille, ou à dresser des ma-
chines pour assiéger une ville. Mais il le trou-
vera invincible par sa multitude, par son courage, par sa patience dans les fatigues, par
son habitude de souffrir la pauvreté, par sa vigueur dans les combats, et par une vertu que
les mauvais succès même ne peuvent abattre.
D'ailleurs si ce Roi n'est pas assez expérimenté pour commander lui-même ses armées,
il les fera commander par des gens qui en
seront capables, et il saura s'en servir sans
perdre son autorité. Cependant il tirera du
secours de ses Alliés. Ses Sujets aimeront
mieux mourir que de passer sous la domination

d'un autre Roi violent et injuste. Les Dieux
mêmes combattront pour lui. Voyez quelles
ressources il aura au milieu des plus grands
périls. Je conclus donc que le Roi pacifique,
qui ignore la guerre, est un Roi très impar-
fait, puisqu'il ne sait point remplir une de ses
plus grandes fonctions, qui est de vaincre ses
ennemis : mais j'ajoute qu'il est néanmoins infi-
niment supérieur au Roi conquérant, qui manque des qualités nécessaires dans la paix, et
qui n'est propre qu'à la guerre.

J'apperçus dans l'assemblée beaucoup de
gens qui ne pouvoient goûter cet avis; car la
plupart des hommes éblouis par les choses
éclatantes, comme les victoires et les conquêtes, les préfèrent à ce qui est simple, tranquille et solide, comme la paix et la bonne
police des peuples. Mais tous les Vieillards
déclarèrent que j'avois parlé comme Minos.

Le premier de ces Vieillards s'écria : Je vois
l'accomplissement d'un Oracle d'Apollon

connu dans toute notre Isle. Minos avoit consul-
té le Dieu pour savoir combien de tems sa race
régneroit suivant les loix qu'il venoit d'établir.
Le Dieu lui répondit : Les tiens cesseront de
régner quand un Etranger entrera dans ton Isle
pour y faire régner tes loix. Nous avons craint
que quelque Etranger viendroit faire la con-
quête de l'Isle de Crète : mais le malheur d'I-
domenée et la sagesse du fils d'Ulysse, qui
entend mieux que nul autre mortel les loix de
Minos, nous montre le sens de l'Oracle. Que
tardons-nous à couronner celui que les destins
nous donnent pour Roi ?

FIN DU V.e LIVRE.

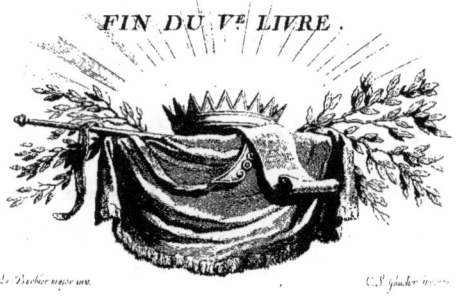

Le Barbier maxe inv.   C.N.Ghuber sculp.

LES AVENTURES
DE
TÉLÉMAQUE,
FILS D'ULYSSE.

LIVRE VI.ᵉ

AUSSI-TÔT les Vieillards sortirent
de l'enceinte du bois sacré, et le premier me
prenant par la main, annonça au peuple, déja
impatient dans l'attente d'une décision, que

j'avois remporté le prix. A peine acheva-t-il de
parler, qu'on entendit un bruit confus de toute
l'assemblée. Chacun poussa des cris de joie.
Tout le rivage et toutes les montagnes voisines
retentirent de ce cri : Que le fils d'Ulysse,
semblable à Minos, règne sur les Crétois !

J'attendis un moment, et je faisois signe
de la main pour qu'on m'écoutât. Cependant
Mentor me disoit à l'oreille : Renoncez-vous à
votre patrie ? L'ambition de régner vous fera-
t-elle oublier Pénélope qui vous attend comme
sa dernière espérance, et le grand Ulysse que
les Dieux avoient résolu de vous rendre ? Ces
paroles percèrent mon cœur, et me soutinrent
contre le vain desir de régner. Cependant un
profond silence de toute cette multitude assemblée me donna le moyen de parler ainsi : O
illustres Crétois, je ne mérite point de vous commander. L'Oracle qu'on vient de rapporter,
marque bien que la race de Minos cessera de
régner quand un Etranger entrera dans cette Isle,

et y fera régner les loix de ce sage Roi : mais
il n'est pas dit que cet Etranger régnera. Je veux
croire que je suis cet Etranger marqué par l'O-
racle. J'ai accompli la prédiction ; je suis venu
dans cette Isle ; j'ai découvert le vrai sens des
loix, et je souhaite que mon explication serve à
les faire régner avec l'homme que vous choisirez.
Pour moi, je préfère ma patrie, la pauvre petite
Isle d'Ithaque, aux cent villes de Crète, à la
gloire et à l'opulence de ce beau Royaume.
Souffrez que je suive ce que les destins ont
marqué : si j'ai combattu dans vos jeux, ce n'è-
toit pas dans l'espérance de régner ici ; c'étoit
pour mériter votre estime et votre compassion ;
c'étoit afin que vous me donnassiez les moyens
de retourner promptement au lieu de ma nais -
sance. J'aime mieux obéir à mon père Ulysse,
et consoler ma mère Pénélope, que de régner
sur tous les peuples de l'Univers. O Crétois !
vous voyez le fond de mon cœur ; il faut que
je vous quitte : mais la mort seule pourra finir

ma reconnoissance. Oui, jusqu'au dernier soupir, Télémaque aimera les Crétois, et s'intéressera à leur gloire, comme à la sienne propre.

A peine eus-je parlé, qu'il s'éleva un bruit sourd semblable à celui des vagues de la mer, qui s'entre-choquent dans une tempête. Les uns disoient: Est-ce quelque divinité sous une figure humaine? D'autres soutenoient qu'ils m'avoient vu en d'autres pays, et qu'ils me reconnoissoient. D'autres s'ecrioient: Il faut le contraindre de régner ici. Enfin, je repris la parole, et chacun se hâta de se taire, ne sachant si je n'allois point accepter ce que j'avois refusé d'abord. Voici les paroles que je leur dis:

Souffrez, ô Crétois, que je vous dise ce que je pense. Vous êtes le plus sage de tous les peuples: mais la sagesse demande, ce me semble, une précaution qui vous échappe. Vous devez choisir, non pas l'homme qui raisonne le mieux sur les loix, mais celui qui les pratique avec la plus constante vertu. Pour moi je suis

jeune, par conséquent sans expérience, exposé à
la violence des passions, et plus en état de m'instruire en obéissant pour commander un jour, que
de commander maintenant. Ne cherchez donc
pas un homme qui ait vaincu les autres dans les
jeux d'esprit et de corps, mais qui se soit vaincu
lui-même; cherchez un homme qui ait vos loix
écrites dans le fond de son cœur, et dont toute
la vie soit la pratique de ces loix ; que ses
actions, plutôt que ses paroles, vous le fassent choisir.

Tous les Vieillards, charmés de ce discours,
et voyant toujours croître les applaudissemens
de l'assemblée, me dirent : Puisque les Dieux
nous ôtent l'espérance de vous voir régner au
milieu de nous, du moins aidez-nous à trouver un Roi qui fasse régner nos loix. Connois-
sez-vous quelqu'un qui puisse commander
avec cette modération ? Je connois, leur dis-je
d'abord, un homme de qui je tiens tout ce que
vous estimez en moi; c'est sa sagesse et non

pas la mienne qui vient de parler ; et il m'a inspiré toutes les réponses que vous venez d'entendre .

En même-tems toute l'assemblée jetta les
yeux sur Mentor, que je montrois le tenant
par la main. Je racontois les soins qu'il avoit
eus de mon enfance; les périls dont il m'avoit
délivré; les malheurs qui étoient venu fondre
sur moi, dès que j'avois cessé de suivre ses
conseils. D'abord on ne l'avoit point regardé à
cause de ses habits simples et négligés, de sa
contenance modeste, de son silence presque
continuel, de son air froid et réservé. Mais
quand on s'appliqua à le regarder, on découvrit dans son visage je ne sais quoi de ferme
et d'élevé : on remarqua la vivacité de ses yeux,
et la vigueur avec laquelle il faisoit jusqu'aux
moindres actions; on le questionna, il fut admiré; on résolut de le faire Roi. Il s'en défen-
dit sans s'émouvoir : il dit qu'il préféroit les
douceurs d'une vie privée à l'éclat de la Royauté :

Aristodême proclamé Roi de l'Isle
de Crète.   Liv. VI.

que les meilleurs Rois étoient malheureux, en
ce qu'ils ne faisoient presque jamais les biens
qu'ils vouloient faire, et qu'ils faisoient souvent
par la surprise des flatteurs, les maux qu'ils ne
vouloient pas. Il ajouta, que si la servitude
est misérable, la Royauté ne l'est pas moins,
puisqu'elle est une servitude déguisée. Quand
on est Roi, disoit-il, on dépend de tous ceux
dont on a besoin pour se faire obéir. Heureux
celui qui n'est point obligé de commander! Nous
ne devons qu'à notre seule patrie, quand elle
nous confie l'autorité, le sacrifice de notre li -
berté pour travailler au bien public.

Alors les Crétois ne pouvant revenir de
leur surprise, lui demandèrent quel homme ils
devoient choisir. Un homme, répondit-il, qui
vous connoisse bien, puisqu'il faudra qu'il vous
gouverne, et qui craigne de vous gouverner.
Celui qui desire la Royauté ne la connoît pas :
et comment en remplira-t-il les devoirs, ne les
connoissant point? il la cherche pour lui, et

vous devez desirer un homme qui ne l'accepte que pour l'amour de vous.

Tous les Crétois furent dans un étrange étonnement de voir deux Étrangers qui refusoient la Royauté recherchée par tant d'autres; ils voulurent savoir avec qui ils étoient venus. Nausicrates, qui les avoit conduits depuis le port jusqu'au Cirque, où l'on célébroit les jeux, leur montra Hazaël, avec lequel Mentor et moi étions venus de l'Isle de Cypre. Mais leur étonnement fut encore bien plus grand, quand ils surent que Mentor avoit été esclave d'Hazaël; qu'Hazaël, touché de la sagesse et de la vertu de son esclave, en avoit fait son conseil et son meilleur ami; que cet esclave mis en liberté, étoit le même qui venoit de refuser d'être Roi, et qu'Hazaël étoit venu de Damas en Syrie pour s'instruire des loix de Minos, tant l'amour de la sagesse remplissoit son cœur.

Les Vieillards dirent à Hazaël: Nous n'osons vous prier de nous gouverner; car nous

jugeons que vous avez les mêmes pensées que
Mentor. Vous méprisez trop les hommes pour
vouloir vous charger de les conduire ; d'ailleurs vous êtes trop détaché des richesses et
de l'éclat de la Royauté, pour vouloir acheter
cet éclat par les peines attachées au gouvernement des peuples. Hazaël répondit : Ne croyez
pas, ô Crétois, que je méprise les hommes ;
Non, non, je sais combien il est grand de travailler à les rendre bons et heureux : mais ce
travail est rempli de peines et de dangers .
L'éclat qui y est attaché est faux , et ne peut
éblouir que des âmes vaines. La vie est courte ; les grandeurs irritent plus les passions
qu'elles ne peuvent les contenter : c'est pour
apprendre à me passer de ces faux biens, et
non pas pour y parvenir, que je suis venu de
si loin. Adieu : je ne songe qu'à retourner
dans une vie paisible, et retirée, où la sagesse
nourrisse mon cœur, et où les espérances
qu'on tire de la vertu pour une autre meilleure

vie après la mort, me consolent dans les cha-
grins de la vieillesse. Si j'avois quelque chose
à souhaiter, ce ne seroit pas d'être Roi ; ce
seroit de ne me séparer jamais de ces deux
hommes que vous voyez.

Enfin les Crétois s'écrièrent, parlant à
Mentor : Dites-nous, ô le plus sage et le plus
grand de tous les mortels, dites-nous donc
qui est-ce que nous pouvons choisir pour notre Roi ? Nous ne vous laisserons point aller
que vous ne nous ayez appris le choix que
vous devons faire. Il leur répondit : Pendant
que j'étois dans la foule des Spectateurs, j'ai
remarqué un homme qui ne témoignoit aucun
empressement. C'est un vieillard assez vigoureux : j'ai demandé quel homme c'étoit ; on
m'a répondu qu'il s'appelloit Aristodême.
Ensuite j'ai entendu qu'on lui disoit que ses
deux enfans étoient au nombre de ceux qui
combattoient ; il a paru n'en avoir aucune
joie ; il a dit que pour l'un il ne lui souhaitoit

point la Royauté, et qu'il aimoit trop sa patrie pour consentir que l'autre régnât jamais.
Par-là j'ai compris que ce père aimoit d'un
amour raisonnable l'un de ses enfans qui a de
la vertu, et qu'il ne flattoit point l'autre dans
ses déréglemens. Ma curiosité augmentant, j'ai
demandé quelle avoit été la vie de ce vieillard. Un de vos Citoyens m'a répondu : il a
long-tems porté les armes, et il est couvert de
blessures : mais sa vertu sincère et ennemie de
la flatterie, l'avoit rendu incommode à Ido -.
menée ; c'est ce qui empêcha ce Roi de s'en
servir dans le siège de Troie. Il craignoit un
homme qui lui donneroit de sages conseils qu'il
ne pouvoit se résoudre à suivre : il fut même jaloux de la gloire que cet homme ne manque -
roit pas d'acquérir bien-tôt ; il oublia tous ses
services ; il le laissa ici pauvre, méprisé des
hommes grossiers et lâches qui n'estiment que
les richesses : mais content dans sa pauvreté,
il vit gaiement dans un endroit écarté de l'Isle,

où il cultive son champ de ses propres mains.
Un de ses fils travaille avec lui; ils s'aiment
tendrement; ils sont heureux par leur fruga-
lité et leur travail; ils se sont mis dans l'abondance des choses nécessaires à une vie simple. Le sage vieillard donne aux pauvres
malades de son voisinage, tout ce qui lui
reste au-delà de ses besoins et de ceux de son
fils. Il fait travailler tous les jeunes gens; il les
exhorte, il les instruit; il juge tous les diffé-
rends de son voisinage; il est le père de toutes les familles. Le malheur de la sienne est
d'avoir un second fils, qui n'a voulu suivre
aucun de ses conseils. Le père, après avoir
long-tems souffert pour tâcher de le corriger
de ses vices, l'a enfin chassé. Il s'est abandonné à une folle ambition et à tous les plaisirs.

Voici, ô Crétois, ce qu'on m'a raconté. Vous
devez savoir si ce récit est véritable. Mais si
cet homme est tel qu'on le dépeint, pourquoi
faire des jeux? pourquoi assembler tant d'in-

connus ? Vous avez au milieu de vous un homme qui vous connoît et que vous connoissez,
qui sait la guerre, qui a montré son courage,
non-seulement contre les flèches et contre les
dards, mais contre l'affreuse pauvreté; qui a
méprisé les richesses acquises par la flatterie,
qui aime le travail, qui sait combien l'agriculture est utile à un peuple qui déteste le faste,
qui ne se laisse point amollir par un amour
aveugle de ses enfans, qui aime la vertu de
l'un, et qui condamne le vice de l'autre; en un
mot, un homme qui est déjà le père du peuple.
Voilà votre Roi, s'il est vrai que vous desi-
riez de faire régner chez vous les loix du sage Minos.

Tout le peuple s'écria: il est vrai, Aristodême est tel que vous le dites, c'est lui qui est
digne de régner. Les Vieillards le firent ap-
peller: on le chercha dans la foule; où il étoit
confondu avec les derniers du peuple; il parut
tranquille: on lui déclara qu'on le faisoit Roi. Il

répondit : Je n'y puis consentir qu'à trois
conditions. La première, que je quitterai la
Royauté dans deux ans, si je ne vous rends
meilleurs que vous n'êtes, et si vous résistez
aux loix. La seconde, que je serai libre de
continuer une vie simple et frugale. La troi-
sieme, que mes enfans n'auront aucun rang,
et qu'après ma mort on les traitera sans dis-
tinction, selon leur mérite, comme le reste
des Citoyens.

A ces paroles, il s'éleva dans l'air mille
cris de joie. Le diadême fut mis par le chef des
Vieillards gardes des loix, sur la tête d'Aristodême. On fit des sacrifices à Jupiter et aux
autres grands Dieux. Aristodême nous fit des
présens, non pas avec la magnificence ordinaire aux Rois, mais avec une noble simplicité. Il donna à Hazaël les loix de Minos, écrites de la main de Minos même. Il lui donna
aussi un recueil de toute l'Histoire de Crète
depuis Saturne et l'âge d'or : il fit transporter

dans son vaisseau des fruits de toutes les
espéces qui sont bonnes en Crète et inconnues dans la Syrie, et lui offrit tous les
secours dont il pouvoit avoir besoin.

Comme nous pressions notre départ, il
nous fit préparer un vaisseau avec un grand
nombre de bons rameurs et d'hommes armés;
il y fit mettre des habits pour nous et des
provisions. A l'instant même il s'éleva un vent
favorable pour aller en Ithaque; ce vent, qui
étoit contraire à Hazaël, le contraignit d'atten-
dre. Il nous vit partir; il nous embrassa comme des amis qu'il ne devoit jamais revoir. Les
Dieux sont justes, disoit-il, ils voient une
amitié qui n'est fondée que sur la vertu: un
jour ils nous réuniront, et ces Champs for-
tunés, où l'on dit que les justes jouissent
après la mort d'une vie éternelle, verront nos
âmes se rejoindre pour ne se séparer jamais.
O si mes cendres pouvoient ainsi être recueillies avec les vôtres! En prononçant ces mots,

il versoit des torrens de larmes, et les soupirs étouffoient sa voix. Nous ne pleurions pas
moins que lui, et il nous conduisit au vaisseau.

Pour Aristodème il nous dit: C'est vous
qui venez de me faire Roi; souvenez-vous
des dangers où vous m'avez mis. Demandez
aux Dieux qu'ils m'inspirent la vraie sagesse,
et que je surpasse autant en modération les autres hommes, que je les surpasse en autorité. Pour moi je les prie de vous conduire heureusement dans votre patrie, d'y confondre
l'insolence de vos ennemis, et de vous y faire
voir en paix Ulysse régnant avec sa chère
Pénélope. Télémaque, je vous donne un bon
vaisseau plein de rameurs et d'hommes armés; ils pourront vous servir contre ces hommes injustes qui persécutent votre mère. O
Mentor, votre sagesse qui n'a besoin de rien,
ne me laisse rien à desirer pour vous. Allez
tous deux, vivez heureux ensemble; souvenez
vous d'Aristodème; et si jamais les Ithaciens

ont besoin des Crétois, comptez sur moi jusqu'au dernier soupir de ma vie. Il nous embrassa, et nous ne pûmes, en le remerciant, retenir
nos larmes.

Cependant le vent qui enfloit nos voiles,
nous promettoit une douce navigation. Déja le
Mont Ida n'étoit plus à nos yeux que comme
une colline; tous les rivages disparoissoient.
Les côtes du Péloponnèse sembloient s'avan-
cer dans la mer pour venir au-devant de nous.
Tout-à-coup une noire tempête enveloppa le
Ciel, et irrita toutes les ondes de la mer. Le
jour se changea en nuit, et la mort se présenta à nous. O Neptune, c'est vous qui ex-
citâtes, par votre superbe Trident, toutes les
eaux de votre Empire! Vénus, pour se venger de ce que nous l'avions méprisée jusques
dans son Temple de Cythère, alla trouver
ce Dieu; elle lui parla avec douleur; ses
beaux yeux étoient baignés de larmes: du
moins c'est ainsi que Mentor, instruit des choses

divines, me l'a assuré. Souffrirez-vous, Neptune, disoit-elle, que ces impies se jouent impunément de ma puissance? Les Dieux mêmes
la sentent; et ces téméraires mortels ont osé
condamner tout ce qui se fait dans mon Isle. Ils
se piquent d'une sagesse à toute épreuve, et ils
traitent l'amour de folie. Avez-vous oublié que
je suis née dans votre Empire? Que tardez-
vous à ensevelir, dans vos profonds abymes
ces deux hommes que je ne puis souffrir?

A peine avoit-elle parlé, que Neptune
souleva des flots jusqu'au Ciel, et Vénus rit,
croyant notre naufrage inévitable. Notre Pilote troublé s'écria, qu'il ne pouvoit plus résister aux vents qui nous poussoient avec violence
vers les rochers: un coup de vent rompit notre
mât, et un moment après nous entendimes les
pointes des rochers qui entr'ouvroient le fond
du navire. L'eau entre de tous côtés; le navire s'enfonce; tous nos Rameurs poussent de
lamentables cris vers le Ciel. J'embrasse

Mentor, et je lui dis: Voici la mort, il faut la recevoir avec courage. Les Dieux ne nous ont délivrés de tant de périls, que pour nous faire périr aujourd'hui. Mourons, Mentor mourons. C'est une consolation pour moi de mourir avec vous; il seroit inutile de disputer notre vie contre la tempête.

Mentor me répondit: Le vrai courage trouve toujours quelque ressource. Ce n'est pas assez d être prêt à recevoir tranquillement la mort; il faut, sans la craindre, faire tous ses efforts pour la repousser. Prenons vous et moi un de ces grands bancs de Rameurs. Tandis que cette multitude d'hommes timides et troublés regrette la vie, sans chercher les moyens de la conserver, ne perdons pas un moment pour sauver la nôtre. Aussi-tôt il prend une hache, il acheve de couper le mât qui étoit déja rompu, et qui penchant dans la mer, avoit mis le vaisseau sur le côté; il jette le mât hors du vaisseau, et s'élance dessus au milieu des

ondes furieuses: il m'appelle par mon nom, et
m'encourage pour le suivre. Tel qu'un grand
arbre que tous les vents conjurés attaquent, et
qui demeure immobile sur ses profondes ra-
cines, en sorte que la tempête ne fait qu'agiter
ses feuilles; de même Mentor, non-seulement
ferme et courageux, mais doux et tranquille ,
sembloit commander aux vents et à la mer. Je
le suis. Hé qui auroit pu ne le pas suivre, en-
couragé par lui ? Nous nous conduisions nous-
mêmes sur ce mât flottant. C'étoit un grand
secours pour nous ; car nous pouvions nous
asseoir dessus. S'il eut fallu nager sans relâche,
nos forces eussent été bientôt épuisées : mais
souvent la tempête faisoit tourner cette grande
piéce de bois, et nous nous trouvions enfoncés
dans la mer; alors nous buvions l'onde amère
qui couloit de notre bouche, de nos narines et
de nos oreilles, et nous étions contraints de disputer contre les flots, pour rattraper le dessus
de ce mât. Quelquefois aussi une vague haute

comme une montagne venoit passer sur nous, et
nous nous tenions fermes, de peur que dans cette violente secousse, le mât qui étoit notre unique espérance, ne nous échappât

Pendant que nous étions dans cet état affreux,
Mentor, aussi paisible qu'il est maintenant sur ce
siége de gazon, me disoit: croyez-vous, Télémaque, que votre vie soit abandonnée aux vents
et aux flots? Croyez-vous qu'ils puissent vous
faire périr sans l'ordre des Dieux. Non, non les
Dieux décident de tout. C'est donc les Dieux
et non pas la mer qu'il faut craindre. Fussiez -
vous au fond des abymes, la main de Jupiter
pourroit vous en tirer. Fussiez-vous dans l'O-
lympe, voyant les astres sous vos pieds, Jupiter pourroit vous plonger au fond de l'abyme, ou
vous précipiter dans les flammes du noir Tarta -
re. J'écoutois et j'admirois ce discours qui me
consoloit un peu: mais je n'avois pas l'esprit assez libre pour lui répondre. Il ne me voyoit
point: je ne pouvois le voir. Nous passâmes

toute la nuit tremblans de froid et demi-morts,
sans savoir ou la tempête nous jettoit. Enfin
les vents commencèrent à s'appaiser, et la mer
mugissant ressembloit à une personne qui
ayant été long-tems irritée, n'a plus qu'un reste de trouble et d'emotion, étant lasse de se
mettre en fureur; elle grondoit sourdement et ses
flots n'étoient presque plus que comme des sil -
lons qu'on trouve dans un champ labouré.

Cependant l'Aurore vint ouvrir au Soleil les
portes du Ciel, et nous annonça un beau jour.
L'Orient étoit tout en feu, et les Etoiles qui
avoient été si long-tems cachées, reparurent et
s'enfuirent à l'arrivée de Phébus. Nous apper -
çumes de loin la terre, et le vent nous en ap-
prochoit. Alors je sentis l'espérance renaître
dans mon cœur; mais nous n'apperçumes aucun
de nos compagnons. Selon les apparences ils
perdirent courage, et la tempête les submergea
tous avec le vaisseau. Quand nous fûmes auprès de la terre, la mer nous poussoit contre

des pointes de rochers, qui nous eussent brisés;
mais nous tâchions de leur présenter le bout de
notre mât, et Mentor faisoit de ce mât, ce
qu'un sage Pilote fait du meilleur gouvernail.
Ainsi nous évitâmes ces rochers affreux, et
nous trouvâmes enfin une côte douce et unie ;
et nageant sans peine, nous abordâmes sur le
sable. C'est là que vous nous vîtes, ô grande
Déesse, qui habitez cette Isle ; c'est là que
vous daignâtes nous recevoir .

FIN DU TOME 1ᵉʳ

Le Barbier major inv.   C.S. Gaucher car.